JOURNAL AMOUREUX

Paru au Livre de Poche :

Benoîte Groult

AINSI SOIT-ELLE

AINSI SOIT OLYMPE DE GOUGES

LE FÉMINISME AU MASCULIN

JOURNAL D'IRLANDE

MON ÉVASION. AUTOBIOGRAPHIE

LA PART DES CHOSES

LA TOUCHE ÉTOILE

LES VAISSEAUX DU CŒUR

Benoîte Groult et Flora Groult

JOURNAL À QUATRE MAINS

BENOÎTE GROULT
PAUL GUIMARD

Journal amoureux

1951-1953

STOCK

ISBN : 978-2-253-10483-4 – 1re publication LGF

Préface de Blandine de Caunes

J'ai toujours su que ce *Journal amoureux* existait ; même si je ne l'avais jamais lu ni même vu… Ma mère m'en avait parlé et elle l'évoque dans son autobiographie, *Mon évasion*. C'est Paul qui est à l'origine de ce projet car il voulait aider maman à prendre confiance en son talent, auquel elle ne croyait guère à l'époque. Pourtant, elle vivait depuis toujours dans et par les mots : à travers son journal intime et une nombreuse correspondance, amicale puis amoureuse, dans une famille où tout se réglait par des lettres… De là à penser publier, il y avait un pas qu'elle ne se décidait pas à franchir. Alors Paul a eu cette idée épatante d'un *Journal à quatre mains*, le titre originel, qui allait resservir plus tard, avec le succès que l'on sait, signé par Benoîte et Flora Groult. C'était d'autant plus généreux de sa part qu'il n'a jamais tenu un journal de sa vie et que c'était même contraire à sa nature. Maman lui rendait souvent hommage pour cette initiative – et elle n'avait l'hommage facile pour personne !

Je n'ai trouvé ce tapuscrit qu'après sa mort ; une version sur papier pelure, tapée soixante ans plus tôt…

On s'est arraché les yeux pour le lire, ma sœur Lison et moi, mais ce que nous avons découvert nous a enchantées. Tout Paul et maman était déjà là : les rôles étaient distribués, et chacun allait jouer sa partition, comme dans une pièce écrite à l'avance, pendant le demi-siècle de vie commune qui les attendait encore.

D'un commun accord avec Manuel Carcassonne, mon éditeur, nous avons décidé de le publier tel quel. C'est-à-dire avec des pages ou des paragraphes manquants et, parfois, des ajouts commentant tel ou tel épisode : certains écrits des années plus tard, surtout quand il s'agit de Marie-Claire, la femme que Paul a peut-être autant aimée que maman et qui, avec son mari Jean, sont déjà très présents dans leur vie.

Ce livre nous a semblé digne de publication pour plusieurs raisons : d'abord, pour le plaisir de découvrir ce jeune couple talentueux et amoureux qui manie la plume avec dextérité – ils vont tous les deux devenir des écrivains reconnus –, ensuite parce que c'est un formidable témoignage sur les années 50.

Une autre raison, et non des moindres, c'est l'intérêt qui ne se dément pas que ses lecteurs portent à ma mère : je m'en rends compte dans les salons du livre, autour de son *Journal d'Irlande* et de mon récit *La Mère morte*, publiés récemment. Les gens viennent me parler d'elle, souvent avec beaucoup d'émotion. Ils ont lu ses livres et ils admirent la femme autant que l'écrivaine ou la féministe : « *Ainsi soit-elle* a changé ma vie et je lui dois beaucoup », me disent-ils régulièrement.

Paul, lui, est malheureusement un peu oublié, alors que c'est un styliste hors pair ; et parfois, un poète. Il le prouve dans ce livre où, plutôt que de partager son intimité, il nous offre un poème… qui n'a souvent rien à voir avec leur vie de couple !

Pour le situer, je rappelle qu'il est l'auteur des *Choses de la vie* que tout le monde connaît, grâce au film de Claude Sautet dont il a fait l'adaptation et les dialogues avec Jean-Loup Dabadie.

Ce *Journal amoureux* commence le 12 septembre 1951 et se termine le 12 mars 1953, date à laquelle Paul a déclaré forfait, sans doute épuisé par sa bonne action et par cet exercice qui ne lui ressemblait pas ! Mais à ma grande surprise j'ai découvert, dans l'autobiographie de ma mère, qu'ils ont en fait écrit ce texte beaucoup plus tard : *C'est en 1959, au retour de notre tour du monde, que Paul m'a proposé d'écrire une chronique quotidienne avec lui. Nous fréquentions un milieu passionnant, gens de cinéma, journalistes, écrivains et, comme j'avais toute ma vie tenu un journal, je n'ai pas eu d'effort à faire. Mais au bout de quelques mois, Paul m'a avoué qu'il ne se sentait pas du tout la plume d'un chroniqueur et qu'il avait choisi cette méthode pour « m'amorcer » en quelque sorte.*

Ce livre n'est donc pas un « simple » journal, écrit au jour le jour, mais un travail d'écriture et de revisitation de leur passé. Surtout pour Paul qui ne pouvait s'appuyer sur aucune note, puisqu'il n'en prenait jamais : d'où sans doute ces treize poèmes qu'il nous livre en lieu et place de son quotidien ! Pour maman, diariste acharnée depuis son adolescence, c'était plus simple et elle a pu broder autour de ce matériau. Ce décalage dans le temps explique certains sentiments, certaines frictions, de la mélancolie parfois, qui correspondent plus à un couple de dix ans d'âge qu'à un très jeune couple ; et il donne à ce texte une totalité à la fois plus littéraire et plus ludique...

Comme l'avait prévu Paul, ce galop d'essai a permis à maman d'oser enfin se lancer : épaulée par sa sœur Flora, elles se sont attelées à la mise en forme de leurs journaux de jeunes filles pendant l'Occupation. Publié en 1962 chez Denoël, où Paul était éditeur, ce *Journal à quatre mains* fut un grand succès. Ma mère avait alors quarante-deux ans. C'était une vieille débutante !

On imagine mal aujourd'hui à quel point les femmes étaient handicapées par ce manque de confiance en elles-mêmes ; d'ailleurs Flora et maman ont encore écrit deux livres ensemble avant d'oser voler chacune de ses propres ailes. Pour ceux qui n'ont connu ma mère que tardivement, c'est presque impossible de l'imaginer telle qu'elle était alors : d'une timidité maladive en public, victime de ce fameux « esprit d'escalier » dont parle Valéry, elle nous refaisait souvent le lendemain l'émission de la veille, avec les brillantes réponses qu'elle avait trouvées dans la nuit ! Il lui a fallu du temps pour être à l'aise et drôle dans ses interviews ; mais elle y est arrivée, et au-delà de toutes ses espérances.

L'écriture de ce *Journal amoureux* a donc commencé juste après le voyage autour du monde auquel Maurice Solvay et sa femme, Josette Day – la Belle du film de Cocteau –, les avaient invités. Richissimes, ils avaient loué le *Shemara*, un destroyer anglais transformé en paquebot de plaisance – soixante-douze mètres, tout de même –, avec trente-cinq membres d'équipage, dont le personnel. Pour neuf passagers ! Paul avait reçu le prix Interallié pour *Rue du Havre*, il était à la mode, et les Solvay voulaient des gens qui les distrairaient de leurs fréquentations habituelles. Des écrivains de préférence : Josette avait été adorée par Cocteau, Paul Morand et Pagnol, entre autres... Il lui en restait un tropisme prononcé ! Christian Millau, un ami commun invité lui aussi, a proposé le nom de Paul.

Éblouis par cette proposition exceptionnelle, mes parents ont bouclé leurs valises en trois semaines, liquidé leurs travaux respectifs et casé leurs trois enfants : moi chez mon père, Georges de Caunes, alors marié à Jacqueline Joubert, Lison chez Marie-Claire et Jean Duhamel, leurs meilleurs amis, et Constance, la petite dernière née en 1953, chez les parents de Paul, à Nantes. Et ils ont embarqué en décembre 1958 à Cannes, avec ces presque inconnus. C'est ce qu'on appelle larguer les amarres !

Je me suis mise à table chaque jour sans savoir ce que j'allais manger, ni qui l'avait acheté, ni comment cela serait cuisiné ; un luxe rare pour une femme. Je n'ai pas rincé un verre, ni fait mon lit, ni touché un balai. Il n'y avait même pas de manœuvres à exécuter à bord, puisque l'équipage du Shemara *se chargeait de tout. Entre les escales mirifiques – Port-Saïd, les îles Haniche, Aden, Bombay, Cochin, Singapour, Nouméa, Cairns en Australie, Tahiti – nous poursuivons d'interminables traversées [...] Cette oisiveté m'a obligée à écrire : d'abord un journal quotidien qui me servira dix ans plus tard pour mon roman,* La Part des choses *et, surtout, je me suis attaquée à la traduction des nouvelles de Dorothy Parker.* Car maman avait la chance d'être bilingue depuis l'enfance – merci les nurses anglaises ! Ce recueil, *Comme ils sont*, a été publié chez Denoël en 1960 et elle a signé… Benoîte Guimard ; un comble pour une féministe comme elle. Mais là aussi, il lui a fallu du temps pour attraper le virus du féminisme, qui ne devait plus la quitter jusqu'à sa mort.

En revanche, le virus du journal intime, Flora et elle l'ont eu très tôt : leur mère, Nicole Groult, avait décrété que chaque soir il y avait deux obligations, se laver les dents et écrire son journal, qui devait lui être lu régulièrement. Elle n'hésitait pas à critiquer une formule banale ou un sentiment mesquin ; et même à réécrire des passages. Car c'était son devoir, pensait-elle, de faire éclore le talent de ses filles. Dans cette famille d'artistes – elle avait une maison de couture réputée et André, son mari, était un décorateur reconnu – point de salut en dehors de l'art ! Nicole était la sœur de Paul Poiret, la marraine de maman était Marie Laurencin, et leurs amis avaient pour nom Zadkine, Pierre Benoit, Segonzac, Jouhandeau et son Élise, Van Dongen, Cocteau, Lespinasse, Picabia – dont le fils allait être un des premiers amoureux de ma mère… La barre était placée très haut ! Nicole entretenait une correspondance avec certains, des histoires amoureuses aussi – indifféremment avec des hommes ou des femmes – et elle écrivait des lettres flamboyantes dont elle gardait les brouillons, que nous avons toujours ; comme nous avons toujours son buste en bronze par Zadkine, quelques portraits d'elle par Marie Laurencin et toutes les lettres d'amour de celle-ci à Nicole, dont je ne peux pas m'empêcher de citer un extrait : *Je me sens vieille et méchante, mon Raton, parce que je suis loin de mon bien le plus précieux : toi. J'ai mis lettre sur cœur. Si je pouvais la mettre sur derrière et calmer le feu qui me dévore… Mais tu sais comme je suis faible devant les hommes. Ils sont si bêtes et si indispensables. Mais c'est toi le fond de ma vie.*

Nicole, elle aussi, écrivait une sorte de journal, dans un grand cahier de maroquin rouge, où elle notait ses réflexions, ses poèmes, ses brouillons de lettres à Jean Cocteau, Pierre Benoit et tant d'autres. *Amazone sans cuirasse, armée seulement de mon cœur intrépide, j'ai enjambé le temps, portant à ce cœur comme une fleur à la bouche mon amour surnaturel de la vie… Belliqueuse, galopante, j'ai extravagué toute ma vie. Frivole et sérieuse, pure et profane, vertueuse et sacrilège, j'ai voulu tout tenter. Car comment saurais-je ce qui est par-dessus tout s'il n'y avait pas eu tout ? Amour, vous seul n'êtes pas une imposture. Noble transe, forfait majeur, je vous célèbre sur tous les autels.*

Maman était tétanisée, et l'est restée longtemps, par cette mère si brillante qui réussissait tout : non seulement elle gagnait très bien sa vie avec un métier passionnant et créatif mais elle était aimée, adorée même, par son mari et elle le fut jusqu'au bout, et les admirateurs et amoureux ne lui manquèrent jamais. Elle était aussi, à sa façon, une très bonne mère qui voulait le meilleur pour ses filles, qu'elle enrobait d'un amour exigeant mais inconditionnel. Un modèle inatteignable aux yeux de maman qui pensait être dépourvue de toutes les qualités nécessaires, sans parler du talent, pour exister par elle-même. Ce n'est qu'après ses premiers succès, et la mort de Nicole, qu'elle s'est rendu compte à quel point elles se ressemblaient.

Avant d'en arriver à Paul et maman, il faut que je parle de ses précédents couples. Pierre Heuyer, son premier mari épousé en juin 1944, est mort de la tuberculose au sanatorium de Sancellemoz, en mars 1945 ; il avait vingt-trois ans. Il préparait l'internat, était poète et avait écrit deux pièces, un peu à la manière de Jean Anouilh. Il était le fils d'une baronne – russe et gravement alcoolique – et d'un psychiatre éminent dont les idées communistes avaient longtemps freiné la carrière ; en outre, le professeur Heuyer était petit, très mal habillé et très peu fortuné. Des tares rédhibitoires pour Nicole qui disait à maman : « Tu épouses le fils d'une poivrote et d'un nain ! », mais elle aimait bien Pierre dont elle appréciait la culture et les talents…

Je me souviens très bien de « Baronne », comme on l'appelait, à laquelle maman est restée fidèle jusqu'au bout. Elle venait déjeuner chez nous, une fois par trimestre, obèse et vraiment abîmée par l'alcool ; et sans doute par la mort de Pierre puis, huit jours plus tard, par celle de son second fils. J'avais vu une photo d'elle prise à Saint-Pétersbourg, à l'époque où elle était une ravissante jeune fille, et je n'arrivais pas à croire que c'était la même personne… Cela a été ma première et violente prise de conscience de ce que la vie pouvait faire de nous. Quant à « Patron », comme nous l'appelions, je me souviens très bien de lui aussi ; il avait divorcé de Baronne et épousé son assistante dont il avait eu deux nouveaux enfants, à peu près de notre âge, avec lesquels nous jouions régulièrement le jeudi, Lison et moi.

Pierre, j'ai l'impression de l'avoir connu : à travers ce que ma mère m'en a dit, à travers sa poésie et son théâtre que son père a fait éditer après sa disparition ; à travers aussi les innombrables photos réunies dans un album. Sur les dernières, on l'y voit sur son lit de mort, pâle et beau comme il se doit, avec ses *pommettes de moujik* que maman aimait tant.

Avant Georges de Caunes, mon père, il y eut Kurt Heilbron, son amant américain rencontré à la Libération et qui allait avoir une telle importance dans sa vie. En effet, après leur rupture et leurs mariages respectifs, ils se sont retrouvés dans les années 70 et se sont aimés jusqu'à la mort de Kurt en 2001. Malgré tout ce qui les séparait, et pas seulement l'Atlantique ! C'est lui qui a inspiré le marin breton des *Vaisseaux du cœur* ; en réalité, il était pilote, et même le pilote privé d'Eisenhower. Ils se sont rencontrés dans les salons du Crillon où les jeunes filles de bonne famille allaient danser avec de beaux officiers auréolés par la victoire ; ils leur offraient du chocolat et des cigarettes et elles leur faisaient visiter Paris ! Maman, jeune veuve, venait d'entrer à la radio au secrétariat de Jean Marin et de Maurice Schumann, et elle était indépendante financièrement. Elle vivait dans le petit appartement qu'elle avait partagé – si peu de temps – avec Pierre, et elle avait une folle envie d'oublier son chagrin et sa jeunesse escamotée par la guerre. Leur passion amoureuse a duré quelques mois jusqu'au jour – fatal pour Kurt ! – où il l'a demandée en mariage. Maman n'avait aucune envie d'aller vivre à Blue Bell, une bourgade de Pennsylvanie, et, surtout, elle le trouvait assez nul intellectuellement : *Il ne s'intéresse qu'à l'aviation et à la nourriture… Cela m'est égal, au contraire : j'ai envie des bras d'un idiot ; des baisers d'un idiot.*

Mais apparemment pas d'un mari idiot !

En mars 1946, elle épousait mon futur père, rencontré trois mois plus tôt. Ils allaient vite se rendre compte qu'ils n'étaient pas faits l'un pour l'autre. Papa était alors un jeune journaliste plein d'avenir, très beau et déjà réputé pour ses jeux de mots et sa causticité. Malheureusement, natif de Toulouse : « Oui, il est plutôt joli garçon, avait concédé Nicole, mais il fait province, tu ne trouves pas, André ? » La radio, à l'époque, comme la télévision un peu plus tard, n'épatait pas du tout les artistes ou la grande bourgeoisie. « Après un poitrinaire, mort de surcroît, un camelot qui n'a pas encore perdu son accent du Sud-Ouest », pensait-elle tout haut… Mais maman était très amoureuse et déjà enceinte de moi. Et puis, elle voulait à tout prix réussir ce nouveau couple et avoir un enfant. Désirs bien légitimes après un veuvage et la guerre. Alors, elle a filé doux. Ils n'étaient d'accord sur rien mais elle a essayé loyalement de penser comme lui et de s'intéresser au rugby ou aux courses hippiques. Elle n'osait plus écrire, même pas son journal, considéré comme une « activité malsaine ». Il pensait que l'écrivain ce serait lui, un jour : il n'y avait pas de place pour elle. Et le prétendu « bas-bleuisme » de maman l'exaspérait. Il faisait partie de cette génération d'hommes – la dernière ?

– machos en toute innocence. En outre, il était incapable de gestes ou de mots amoureux, en particulier en public, et il répugnait à parler de ses sentiments ou de son enfance, alors que chez les Groult on mettait ses tripes sur la table et on fouillait au scalpel : « Peser des œufs de mouche dans une toile d'araignée », comme l'écrivait Marivaux, était le sport par excellence dans cette famille ! En plus, mon père était toujours en reportage, souvent loin, et quand Lison est née en 1948 – encore une fille, à son grand dam – il était au pôle Nord avec les « Expéditions polaires françaises » de Paul-Émile Victor. Bref, après ce second enfant, et trois avortements entre les deux – la contraception n'existait pas encore –, maman a commencé à se poser des questions. Même si elle était encore amoureuse ; ou si elle voulait le croire…

Pourtant, à la clinique du Belvédère où elle avait donc accouché seule, elle recevait tous les jours la visite d'un certain… Paul Guimard. Il était journaliste de radio, comme papa, son témoin de mariage et mon parrain. Marié et père d'un petit garçon, il habitait dans la même rue que mes parents et les deux couples avaient loué ensemble, l'été précédent, une maison en Bretagne. *Nous nous aperçûmes que nous aimions les mêmes poètes, un détail qui eût dû nous alerter. […] Mais ce Paul ne m'attirait pas spécialement : trop maigre, trop pâle, trop peu sportif, trop amateur de whisky et trop d'humour pour moi. Enfin, sa réputation de grand séducteur me rebutait. J'ai toujours détesté les grands séducteurs. Je ne sais pas comment j'ai fait pour vivre plus de quarante ans avec l'un d'eux,* écrit-elle dans *Histoire d'une évasion*, en 1997.

Pour l'heure, ajoute-t-elle, *nous étions à mille lieues de penser qu'il aurait envie un jour de reprendre sa liberté et le courage de mettre fin à un mariage qui semblait le gêner si peu pour vivre à sa guise, ou que, de mon côté, j'aurais assez de clairvoyance pour constater l'inanité de mes efforts et l'insuffisance de ceux de Georges en vue d'établir une relation harmonieuse entre nous.*

Après quatre ans de vie commune – si peu commune – maman a quitté papa, qui est devenu enfin l'homme dont elle rêvait, l'homme qui lui disait les mots d'amour qu'elle avait tant attendus mais qu'elle n'écoutait plus. Éternel contretemps, si fréquent dans un couple…

Et Paul s'est lentement installé dans sa vie. Et dans la nôtre, à ma sœur et moi !

Paul… Mon premier homme, puisque mon père n'était jamais là et que je n'ai aucun souvenir de lui à la maison. Même s'il a tenu ensuite, à sa façon et comme il a pu, son rôle de père. C'est Paul qui est mon père d'élection : c'est lui qui m'a formée, influencée, fessée parfois, toujours à la demande – ô combien justifiée – de maman et toujours avec un air d'ennui incommensurable ! C'est lui qui m'a ouvert l'esprit, encouragée, consolée quand nécessaire, éduquée, aimée. Pourtant, les enfants ne l'intéressaient pas ; c'est quand nous avons grandi, et sommes devenues de vraies personnes, qu'il a commencé à éprouver du plaisir en notre compagnie. Mais nous, nous étions subjuguées ; nos filles aussi, plus tard. Toutes, nous avons été longtemps persuadées qu'il était un vrai magicien. Très cérémonieusement, il nous faisait des tours de magie avec une baguette fluorescente achetée au Prisunic, qui nous laissaient ébahies, pantoises et craintives. Cet homme-là était évidemment tout-puissant et on avait intérêt à filer doux… Et on filait doux ! À tel point que maman nous avait surnommées les « limandes amoureuses ». Avec elle, qui n'avait aucune autorité, nous pouvions être odieuses, nous bagarrant « pire que des garçons », disait-elle, pas encore vraiment féministe ! Il suffisait que Paul paraisse pour que les harpies se transforment en mousmés qui se disputent les faveurs du pacha : « Tu veux ton whisky ? Des cacahuètes ? Oh, tu es mal assis, je t'apporte un coussin. » Tout cela sous l'œil éberlué de notre mère qui osait à peine avouer qu'elle venait de passer deux heures infernales avec nous. Jamais il n'élevait la voix ; il changeait juste de ton, quand nécessaire. Lison, dans le texte qu'elle a lu le jour de son incinération, en mai 2004, parle de cette force qui émanait de lui : *Paul, pour moi, c'est le respect. Le respect qu'il nous inspirait, mais aussi celui qu'il nous a obligées à avoir pour nous-mêmes. La médiocrité et la mesquinerie de nos élans adolescents étaient tuées dans l'œuf par un seul regard ou un silence de lui, ces silences qu'il savait rendre si éloquents. Paul qui ne s'érigeait jamais en exemple, qui ne disait jamais « moi je », mais dont l'écoute était totale. Paul ne pesait pas, il était là et il prenait toute la place.*

Ce même jour, maman elle aussi a rendu hommage à cet homme si difficilement cernable : *Il était du signe des Poissons, et dire qu'il était double est loin du compte. Il était quintuple, et même bien davantage ! Le dilettante, l'humoriste, le diplomate (je ne l'ai vu que deux fois en colère dans toute ma vie), le responsable politique auprès de François Mitterrand, mais brièvement car il tenait avant tout à sa liberté, le navigateur, le cuisinier inventif, le voyageur au bout du monde. [...] Et puis bien sûr, l'écrivain. J'ai toujours su que ce serait acrobatique de vivre avec tant de personnages qui prétendaient tous s'appeler Paul Guimard !*

Et moi, j'ajouterai à ce portrait l'amoureux de la poésie, dont il pouvait réciter des pans entiers ; le connaisseur incollable de l'opérette et de la musique classique, le pianiste amateur qui savait à peine lire les notes mais qui jouait si bien, juste à l'oreille...

Ah, ces soirées autour de toi au piano où on te réclamait telle ou telle chanson de Ferré ou de Barbara. Et tu t'exécutais, et nous chantions. Faux d'accord, surtout moi, mais nous chantions !

Et pour terminer – mais en termine-t-on jamais avec Paul ? – je dois évoquer son humour et ce goût des canulars qu'il partageait avec son ami Roger Nimier. On se souviendra longtemps, à l'Élysée, de la fiche qu'il a remplie quand Mitterrand l'a nommé conseiller : chacun, sur cette feuille, devait cocher les cases correspondant à ses diplômes et aux grandes écoles suivies. Paul a tout barré, puisqu'il n'avait même pas son bac, et il a noté tout en bas : *Sait lire et écrire.* « C'est exactement pour ça que le Président m'a engagé puisque je suis destiné à lui préparer ses discours », aimait-il répéter, non sans coquetterie. On se souvient aussi de l'anecdote de la Roche de Solutré que tous les ministres et courtisans devaient gravir, une fois l'an, aux côtés de François Mitterrand. Paul, adepte du moindre effort, s'y refusait : « Alors, lui lança le Président, on me dit que vous ne voulez pas gravir la Roche de Solutré avec moi… — Non, lui répondit Paul, je n'en ai aucune envie. » La stupéfaction fut générale car c'était considéré comme une prodigieuse promotion que d'aller suer sur cette montagne. L'année suivante, Mitterrand, ironique, lui demanda s'il souffrait d'une déficience physique : « Non, cher François, mais cela m'ennuie vraiment et, en plus, c'est l'heure de ma sieste… » La troisième année, même topo, et là, Paul lui tendit une « lettre » de son père : *Je soussigné, Paul Guimard, marchand de cycles à Saint-Mars-la-Jaille, autorise mon fils à être dispensé de corvée de gymnastique.*

Oui, tu étais un « seigneur », comme l'a écrit Erik Orsenna…

Même Nicole fut séduite. Paul lui plaisait parce qu'il aimait les femmes. Pas la femme, mais les femmes diverses : « C'est un Casanova, dit-elle à maman, il les aime trop toutes pour se contenter d'une seule. Je ne te vois pas retenir longtemps un homme de cet acabit. Tu ne sauras pas lui faire croire que tu es exceptionnelle. Tu es trop humble, mais j'espère qu'il réussira à te convaincre d'écrire… Là aussi, tu es trop humble. Moi, je n'ai pas réussi… »

Pour une fois, elle s'est trompée ; mais à moitié seulement !

Leur premier baiser, ils l'ont échangé en mer, en vue des Glénans et de leurs conjoints respectifs qui contemplaient l'horizon sans discerner la vague qui s'apprêtait à les balayer. Maman croyait avoir franchi un pas décisif… Erreur ! Mais la mer et les bateaux allaient être le point d'ancrage de leur couple, jusqu'au bout ; jusqu'en Irlande où ils ont fait cette belle folie, déjà presque septuagénaires, d'acheter une maison et un nouveau bateau, pour s'adonner à leur passion commune, la pêche. C'est cette passion, et leur couple vieillissant, que maman raconte dans son dernier livre, publié chez Grasset en 2018 : *Journal d'Irlande – Carnets de pêche et d'amour.*

Donc, après ce premier baiser, Paul n'a rien tenté ni rien changé à son attitude. Maman se morfondait en se demandant si elle l'avait rêvé, ce baiser… Certes, leur entente se renforçait et ils pensaient et aimaient les mêmes choses – cela la changeait de papa –, car Paul appréciait son « bas-bleuisme », lui ! Cette profonde intimité intellectuelle a fini par les faire tomber, tout naturellement, dans un lit. Un soir, et sans que rien ne l'annonce, ils sont rentrés prendre un dernier verre chez maman, seule comme si souvent. Paul, au moment où elle allait le raccompagner à la porte, est resté au milieu du salon et, sans un mot, il s'est nonchalamment déshabillé, avant d'entrer dans son lit, au fond de l'alcôve. Mais comme *on ne garde pas sa jupe et son chandail devant un monsieur tout nu… Par correction,* a-t-elle prétendu, elle s'est déshabillée à son tour et elle l'a rejoint !

Tout cela, elle me l'a raconté, plus tard, elle l'a écrit aussi, donc je parle sous son autorité et je n'invente rien ni ne la trahis…

En 1949, quand ils s'installent au 9, rue Chanez, maman est très amoureuse ; Paul aussi, je crois.

Mais ils sont d'accord, en théorie, pour ne pas exiger de l'autre une fidélité absolue. Sartre et Beauvoir ont ouvert le chemin et ils comptent bien le suivre. Surtout Paul ! Maman se rattrapera plus tard. Pour l'heure, elle découvre le bonheur de vivre avec un homme qui n'est pas malade, comme Pierre, et qui n'est pas jaloux et possessif, comme papa, qui *donnait beaucoup plus de preuves de jalousie que d'amour...* Un homme pour qui elle existait en tant que personne et qui croyait en elle ; un homme avec lequel elle partageait tant de goûts qui ne se démentiront jamais : celui des maisons, par exemple. À cette époque, ils en louent une, à Valmondois, où leurs amis, les Duhamel, ont leur fief familial. Elle est malcommode, sans aucun confort, avec un jardin qui s'évertue à devenir une jungle contre laquelle maman lutte pied à pied, avec délices. C'est de là que date son amour du jardinage. Et ils vont acheter, l'année suivante, une chaumière en ruines, en Bretagne, qui sera longtemps encore plus inconfortable : sans électricité ni eau courante. Lison et moi étions de corvée, à tour de rôle, pour aller chercher l'eau au puits, distant d'environ cinquante mètres tout de même. Notre première « douche » fut un seau percé qu'on remplissait d'eau chaude, qu'on hissait au plafond grâce à une poulie et dont on actionnait la bonde à l'aide d'une ficelle. Cela nous est apparu comme un luxe suprême !

Bien sûr, ils auront très vite un petit bateau – une barcasse plus exactement –, le premier d'une longue série ; ils l'ont rebaptisé *Potemkine* et ils l'ont peint en noir avec un liseré rouge. Ils ne savaient pas encore qu'on ne débaptise jamais un bateau et, très vite, le *Potemkine* a brûlé et coulé.

Sur le plan professionnel, tout va plutôt bien pour eux : maman, après avoir été professeur au cours Bossuet, puis secrétaire de Jean Marin, travaille maintenant au « journal parlé de la radio ». Elle lit les textes écrits par d'autres… Paul, lui, y anime tous les jours *La Tribune de Paris*, émission qu'il a créée où il reçoit surtout des politiques. Il écrit pour le théâtre et le cinéma – avec plus ou moins de succès – et il a été de l'aventure des débuts de *Match* avec Joseph Kessel. Il collabore aussi, toutes les semaines, à la revue *Arts* créée par Jacques Laurent. Pas mal pour un dilettante revendiqué !

Ses amis intimes, qui berceront mon enfance, s'appellent Roger Nimier, Albert Vidalie et Antoine Blondin. Antoine et lui écriront ensemble une pièce, *Un garçon d'honneur*, d'après une nouvelle d'Oscar Wilde, qui sera montée au Marigny en 1960. Ils signeront aussi *L'Adultérologie*, un traité cynique et léger sur l'art de tromper, illustré par Cabu. Je me souviens encore de leurs rires tonitruants alors qu'ils écrivaient ce texte dans la chambre conjugale – qui faisait office de bureau – dans notre chaumière de Kercanic. Maman prétendait qu'ils travaillaient… J'avais du mal à la croire.

Un soir de l'année 1959, la presse et la télévision ont fait leurs grands titres sur « La disparition inquiétante du yacht le *Shemara*, avec à bord la comédienne Josette Day et l'écrivain Paul Guimard ». On ne parlait que d'eux ! Pendant cette nuit d'angoisse, Nimier, Vidalie et Blondin se sont juré qu'ils adopteraient chacun une de nous trois, si on ne retrouvait pas leurs amis. Voilà comment, pendant quarante-huit heures, j'ai été la fille de Roger Nimier : car c'est lui que j'ai choisi, rétrospectivement ! Il faut que j'avoue que j'en étais vaguement amoureuse, comme je l'étais de Léo Ferré, un autre de nos intimes. Amoureuse de Léo, mais de Madeleine aussi, sa femme : si belle, si intense, si talentueuse, qui formait avec lui un couple mythique que Benjamin Péret a immortalisé dans l'*Anthologie de l'amour sublime.* Leur fille, Annie, est devenue ma meilleure amie et l'est restée. J'ai publié chez Phébus, cinquante ans plus tard, *Comment voulez-vous que j'oublie*, ses souvenirs d'enfance, que maman, témoin de première main, a préfacés.

Récemment, j'ai retrouvé des lettres d'amour de Paul et maman qui datent de cette époque. J'ai été surprise de découvrir que Paul en écrivait, alors que maman s'est toujours plainte qu'il n'en écrivait pas, ou si peu… Beaucoup de ses lettres sont écrites sur du papier à en-tête de la Radiodiffusion française, où Paul travaillait souvent tard, le soir. L'une d'entre elles se termine par : *Et puis je t'aime mon petit amour. ~~Impossible~~, difficile de te tromper quand tu es loin. Je pense bien trop à toi. Il va falloir attendre ton retour. C'est une « chose ébouriffante ». Pourtant, toutes les femmes sont dehors, avec des robes invisibles. Mais c'est toi qui, toi que, toi dont… Ma chérie je t'embrasse et je tombe de sommeil et je ne sais plus ce que je dis mais je sais bien ce que je pense. Ton Paul.*

Et maman lui répond : *Paul que j'aime. Je ne peux pas rester près de toi : je te réveillerais. J'ai trop envie de te serrer dans mes bras et de caresser ton corps qui représente tout pour moi. Je t'aime et je serais malheureuse sans remède si tu ne vivais pas avec moi. Je pleure en t'écrivant tant je pense à la douceur de ton retour et à la violence de mon amour.*

J'avais oublié à quel point ils avaient été amoureux l'un de l'autre ; surtout maman que j'ai vue – quand j'étais adulte – plus distante physiquement, tout occupée de sa passion avec Kurt, son amant américain. Même si elle m'avait raconté, et en avait fait un livre, *Le Féminin pluriel*, son violent chagrin et sa jalousie torturante, au moment de l'histoire de Paul et Marie-Claire : *Ça y est, c'est arrivé. L'adultère est entré chez nous avec ses gros sabots, familier, grossier, obligatoire comme la rougeole. J'espérais en secret y échapper. Je pleure comme un torrent et aucune pensée ne me console. Nous ne sommes plus glorieusement deux à la face des autres. Le fier, le vivace, le fol amour est terminé.*

Plus tard, bien plus tard, elle écrira qu'un *couple ne dure que s'il réussit à faire évoluer la notion « d'unique » – impossible et invivable – vers celle « d'irremplaçable »*.

J'ai retrouvé aussi, et avec quelle émotion, toujours sur du papier à en-tête de la Radiodiffusion française, un poème à moi adressé, écrit en novembre 1947. J'avais onze mois. Ni Paul ni maman n'ont jamais pensé à me le donner…

Pour Blandine...
Quand elle aura seize ans.

Lorsque vous lirez ces lignes
J'avouerai « dans les quarante ans ».
Aveux partiels.
J'aurai quelques cheveux blancs
Dans un ensemble poivre et sel ;
Vous serez, comme on dit, nubile
Et si vous n'avez pas d'amant
C'est que les garçons de ce temps
N'auront plus de goût pour les filles.
Il vous faudra savoir, Blandine,
Que dans votre jeunesse
Prime
Je vous ai vu poudrer les fesses
Assez souvent
Pour me considérer un peu comme un intime.
Je vous dirai donc tu, si tu m'y autorises.
Ce soir je pense à toi sans raison bien précise,
Comme ça...
Histoire de t'imaginer.
Seras-tu comme j'imagine ?
Je n'ai pas d'idée préconçue
Mais j'aimerais pouvoir t'aimer.
Je t'aimerais déraisonnable
Sauras-tu déraisonner ?
Je voudrais que tu sois tendre
Sans faiblesse et sans abandon,
Car dis-toi bien, jolie filleule,
Qu'il vaut mieux rester longtemps seule

Qu'être deux sans désir
Ou sans nécessité.
N'aie pas peur de l'amour mais méfie-toi des hommes
Car le meilleur d'entre eux n'est pas meilleur que toi.
Dis-toi que la sagesse et que l'expérience
Ne servent à rien
Sinon de paravent
À ceux dont l'existence
A fait des impuissants.
Trompe-toi très souvent.
C'est le meilleur moyen de n'être pas trompée
Par l'absurde bon sens des phrases toutes faites :
« Les soubrettes accortes,
« Les ormes séculaires
« Les chênes centenaires
« Les linguistes distingués...
J'ai déjà connu dans ma vie
Bien des chênes arborescents
Des soubrettes distinguées
Et des linguistes centenaires !
Tu seras très jolie
Tâche aussi d'être heureuse.
Méfie-toi des conseils
Le seul que je te donne est de n'en croire aucun.
J'ajoute (très bas dans l'oreille)
Et même, ou surtout pas, les miens.

En relisant cette préface, je me suis avisée que l'époque avait changé, ô combien... Aujourd'hui, le politiquement correct a tout envahi et on n'ose plus utiliser le second degré, sans parler du troisième ! Un furieux esprit moralisateur règne et on exclut à tour de bras, comme à l'époque stalinienne. On stigmatise, on excommunie, et on bafoue allègrement la présomption d'innocence. Je ne suis pas sûre que ma mère approuverait les dérives actuelles d'un certain féminisme… qui discrédite les femmes plus qu'il ne les aide dans leur juste combat. La *cancel culture*, très à la mode depuis peu, n'est ni plus ni moins qu'une forme de Terreur au nom d'un monde meilleur : « Ô Liberté, que de crimes on commet en ton nom… » On n'a plus le droit de dire, ou d'écrire, comme ma mère le fait parfois dans ce journal, certains mots comme *sourd*, *aveugle*, *vieux* ou *nègre*, et il est mal vu de parler de sa bonne. Pourtant, chez nous, il n'était pas humiliant d'être bonne et noire, deux qualités que réunissait notre chère Hortense, Martiniquaise qui a travaillé pendant des années à la maison. Elle a été la marraine d'une des filles de Lison et elle a été invitée à nos mariages – un pour moi, deux pour ma sœur ! Mes parents lui ont même offert une jolie revanche quand nous sommes tous allés à la Martinique pour rencontrer sa famille : un soir, on a été invités en grande pompe par des békés chez lesquels elle avait travaillé autrefois et où, pour le coup, elle avait été traitée en esclave. Nous l'avons emmenée avec nous et nos hôtes ont bien été obligés de faire bonne figure.

Dois-je rappeler que Léopold Sédar Senghor a inventé, avec Aimé Césaire, le mot négritude et qu'il disait : « Je suis un nègre, mépriser le mot est raciste. »

C'est fou que je me sente obligée de faire une explication de texte, et de contexte, pour dire que mes parents étaient de gauche – surtout maman ! –, généreux, libres, féministes, engagés… Certains propos ne devraient pas être lus sans tenir compte de l'époque : exactement comme on ne devrait pas juger certains comportements, pendant l'Occupation, à l'aune de ce qu'on a appris, et compris, après coup.

Nous sommes donc le 12 septembre 1951. Paul et Benoîte sont un couple heureux. Ils seront malheureux, plus tard, l'un par l'autre et à tour de rôle, mais ils surmonteront toutes les épreuves inhérentes à une traversée au long-cours : *Ce sentiment que la tempête est passée et que les digues ont tenu donne un sentiment de liberté […] Car le merveilleux absolutisme de la jeunesse devient à la longue un carcan plutôt qu'un idéal.*

J'ai toujours pensé que pour survivre à la vie commune, il faut s'accorder non sur les vertus de la fidélité, si aléatoire et qui se transforme si facilement en prison, mais plutôt sur les fondamentaux : l'éthique, la morale (ou l'absence de morale), les convictions religieuses (ou l'absence de religion), les opinions politiques, sans oublier les goûts culinaires, on mange deux fois par jour après tout. Et puis il importe de rire aux mêmes choses et d'aimer les mêmes gens et les mêmes sports. Paul n'en pratiquant aucun, en dehors de s'asseoir à la barre et d'appuyer sur le bouton de démarrage d'un diesel, ce serait facile.

Ce ne fut pas facile, mais nous n'en sommes pas encore là… Pour l'heure, leur *Journal amoureux* commence.

Mercredi 12 septembre 1951
Paul

Au fond, c'est une idée idiote.

Nous allons écrire ce journal chacun de son côté, sans rien livrer à l'autre de nos préoccupations.

La chose faite, nous allons reclasser les feuillets dans l'ordre chronologique. Et risquer de nous apercevoir que nous vivons l'un près de l'autre – qui plus est, l'un avec l'autre – et que nos esprits suivent des routes bien distinctes : que ce qui passionne l'un laisse l'autre indifférent, que si nous nous rencontrons sur la même pierre du chemin, nos impressions sont peut-être sans rapport.

Et puis, il y a dans le principe même du journal quelque chose qui me choque.

On a toujours envie de protester : « Ne te promène donc pas toute nue. »

Mais il reste une petite parcelle d'exhibitionniste en chacun. Voilà pourquoi la tentative m'attire malgré tout. Et comme il reste aussi en chacun de nous une petite parcelle de voyeur, le genre « journal » est rarement un four complet.

Bref ! le premier pas est fait.

À côté de moi, Benoîte aligne des pages avec allégresse.

Et je commence à me poser des questions : que peut-elle raconter ? Il ne s'est rien passé aujourd'hui… Du moins que je connaisse.

M'aurait-elle dit tout ce qu'elle écrit ?

Je me prépare de beaux jours !

Mercredi 12 septembre 1951
Benoîte

Comme j'ai changé depuis le temps où j'écrivais mon journal de jeune fille. J'en suis presque inquiète. Est-ce ça une personnalité ? Et aurais-je été différente avec une autre vie ? D'autres hommes ? J'ai rencontré aujourd'hui le premier homme qui ait joué un rôle dans ma vie… Je ne l'avais pas revu depuis deux ans. Comment admettre que j'aie vécu des heures nez à nez avec cet être ? Que sa bouche m'ait été familière ? Je n'y reconnaîtrais rien aujourd'hui en m'y posant.

Mon passé est pour moi comme un livre que j'ai beaucoup aimé et dont l'héroïne m'est particulièrement sympathique. Un livre qui fait parfois pleurer mais qu'on referme comme tous les livres. Je n'ai pas ce qu'on appelle le culte du souvenir. Le souvenir pousse assez sans qu'on le cultive. D'ailleurs quand on ne croit pas à la Vie éternelle, la vie présente devient le seul impératif valable.

Avons déjeuné hier, puisque journal il y a, dans l'île Saint-Louis, chez L. qui est comédienne, quand les metteurs en scène veulent bien s'en souvenir.

Petit pantalon noir, taille fine sur laquelle s'attardait l'œil de Paul. C'est un genre de femme à lui plaire.

Les femmes qui ont réussi excitent forcément un homme. Leur réussite représente quelque chose de plus à mettre sous soi. On prend davantage plaisir à conquérir un huit mille mètres qu'un mille cinq cents ! En couchant sous son poids une vedette célèbre, ce n'est pas seulement une jolie femme que l'on écrase mais tout le potentiel d'admiration et d'envie qu'elle représente. Cela doit être autrement grisant que de rendre hommage à une modeste violette dont on est seul à connaître le parfum. De plus, L. est spirituelle et un rien affectée – encore une qualité aux yeux des hommes, soit qu'ils n'y voient que du feu, soit qu'ils se sentent flattés qu'on les juge dignes de pareils efforts ! Il faut avouer qu'on est bien chez L. Au ras de la fenêtre passe la Seine, comme un tapis roulant. Et Paul, qui a une âme de maquereau dans sa panoplie d'âmes, s'allonge sur les divans luxueux comme chez lui, rêvant au geste si facile qui ferait de lui le seigneur de ces lieux pour un petit moment.

Jeudi 13
Paul

Repensé hier, en m'endormant, à ce problème du journal.

Benoîte va se trouver à l'aise dans cet exercice comme un lévrier sur un champ de courses. Je suis sûr qu'elle est déjà entrée de plain-pied dans son « domaine secret » et qu'elle a commencé d'étaler sur les longues pages blanches qu'elle aime tant de grandes tartines de sentiments intimes.

Elle a rencontré hier un monsieur avec lequel, autrefois… Et nous avons échangé à ce sujet quelques répliques pleines de prudence. Benoîte s'étonne que deux êtres qui se sont « connus » puissent si facilement, si totalement, oublier ce qui était l'essentiel de leurs relations.

C'est d'une grande naïveté. L'oubli est la condition première de la sincérité envers soi-même. Et tout le monde a un immense besoin de sincérité. Les menteurs conscients et organisés sont des perles rares. Je n'en connais pas. Égoïsme et sincérités successives sont les deux mamelles de toute vie collective.

Pour aimer « sincèrement » il faut oublier beaucoup. Grâce à cela les mots et les gestes redeviennent inédits.

Jean Rigaux[1] fait dire à une savoureuse putain de son répertoire : « Et puis quoi… bien lavé, c'est comme neuf ! »

Ce qu'on peut être neuf souvent dans la vie ! Du cœur comme du reste.

Et sans triche. Enfin, à peine.

1. Célèbre chansonnier.

Vendredi 14 septembre
Benoîte

Au fond, les gens qui font du « spectacle » toute leur vie sont intolérables. Pour moi, s'entend. Je ne pourrais supporter qu'un homme que j'aime pour ce qu'il est passe sa journée à essayer d'entrer dans la peau d'un autre. Être toute sa vie tributaire d'un public, faire son existence en fonction de lui, quel esclavage. Quel piètre but que d'amuser la foule. Et comme j'ai peu envie de faire pleurer Margot – ou même Vincent Auriol[1]. Ceci dit, je suis enchantée qu'il y ait des gens assez peu remplis d'eux-mêmes pour consacrer leur vie à distraire les digestions de leurs contemporains sous un nom d'emprunt. Mais je n'ai envie de les fréquenter que sur les planches et pas sur notre chère terre – où il pousse de vrais légumes.

Dans ce métier où l'on attend toujours que les citrouilles se changent en carrosses, on est le jouet inconscient d'une sorte de psychanalyse à l'envers qui brise autant que la carrière et dont le but ne peut être que la dépersonnalisation, la neurasthénie ou la folie. Les défauts et surtout les qualités des comédiens me feraient presque apprécier la saine méfiance du bourgeois louis-philippard à l'égard de l'artiste ou de l'intellectuel, méfiance qui faisait par exemple dire à ma grand-mère chaque fois que nous nous plongions dans un livre : « Tu n'as donc rien à faire, ma fille, que tu lis ? »

1. Président de la République de 1947 à 1954.

Dimanche 16 septembre
Benoîte

Week-end à Valmondois. Week-end avec les Duhamel : on en a vu huit ou dix en l'espace de quelques heures, à chaque coin de rue, dans chaque traction qui passe.

Moi, j'ai consacré ma journée à l'arrachage des mauvaises herbes : ou plutôt des mauvais arbres – car tout prend ici la proportion d'une jungle. Un mois d'abandon et l'ivraie a étouffé le bon grain. Mais j'ai la satisfaction intime d'avoir fait mon devoir et bien rempli ma journée. Les travaux de la terre donnent toujours ce sentiment de plénitude (et c'est pourquoi Booz dormait si bien), et ils vous gratifient ensuite du véritable « sommeil du juste ». Du juste aux mains sales (le seul authentique, se méfier des contrefaçons) – car la pompe est à trois cents mètres et la nuit est noire. Revers de la chaumière pittoresque !

La saleté, les sabots et les pantalons raides de boue sont parfaitement supportables quand on est vraiment dans une campagne perdue. Mais quand on possède des voisins en veste de daim, jupe de tweed et foulard parfumé à « Canasta »… on se demande si après tout… un peu moins de couleur locale… C'est là le drame de la femme (un des drames). L'homme n'a pas à s'occuper de son aspect. Il a eu l'habileté, à l'aube des temps, de convaincre sa compagne que la virilité s'accommodait de tout. Mais aux qualités qu'« ils » exigent d'une bonne épouse, connaissez-vous beaucoup d'hommes qui soient dignes d'être des femmes ?

Bref, du fond de son gilet boueux (qui exalte sa virilité), Paul trouve naturel de détourner les yeux de mon gilet boueux à moi, de mon caleçon molletonné et de mes gants protecteurs, pointure 9 ¾ et, comme les yeux sont faits pour voir ce qui est beau, de les tourner vers les créatures vêtues de soie et de vison, qui viennent le visiter dans sa hutte, et que je reçois, dois-je le dire, avec une rudesse… toute paysanne…

Lundi 17 – En gare de Valmondois
Benoîte

J'attends le train entre deux averses. J'ai laissé Paul à sa petite table devant la vigne et les géraniums, réalisant une fois de plus l'incongruité qu'il y a pour une femme à partir travailler en laissant l'homme au nid. Ce serait parfait si celui qui se trouve rester au logis s'occupait aussi de la maison, des menus, des boutons à coudre et autres affaires d'État… Mais hélas, si l'homme a « permis » à la femme de travailler au-dehors, il s'est malignement dérobé devant le travail au foyer. En somme, il l'a autorisée à faire des heures supplémentaires.

Maintenant que j'ai pris l'habitude de rapporter quelque argent à la fin du mois, il me serait pénible de rester chez moi et de vivre en parasite complet. Résultat : je ne suis plus capable d'écrire un mot. J'ai l'impression d'avoir la tête farcie de soucis de maison et je suis bien obligée de penser un peu à mon travail-radio… si peu que ce soit. Je ne suis pas une petite tête mais je me sens éclater. Or, il n'est rien de plus rapetissant pour l'intellect que les besognes domestiques.

En plus, le jardinage m'incombe. Oh ! ce n'est pas qu'on me demande de jardiner. Et c'est bien là le pire. C'est une tâche obligatoire que personne ne m'impose. Quant à Paul, sa vie est faite de moments perdus, d'heures creuses, et il n'a jamais mieux à faire que… rien. Et comme ce qu'il écrit lui rapporte son pesant d'or, il peut se permettre de regarder de haut les orties, les mauvaises herbes et mon travail à quatre-vingts francs de l'heure.

De plus, le remords, le sentiment du devoir, la mauvaise conscience et le sens des responsabilités sont pour lui choses inconnues. Et c'est avec une candeur que rien ne peut troubler qu'il me regardera vaquer à des besognes plus ou moins dégradantes, tandis qu'au fond de sa chaise longue, il taillera pour les filles un sifflet qu'il n'achèvera d'ailleurs jamais.

Je sais que je pourrais rester au lit sans encourir de reproches. Il n'en fait pas plus aux autres qu'il ne s'en fait à lui-même. Mais le jardin envahi de ronces m'attriste. Les meubles pleins de toiles d'araignées, les chaises moisies, la cour semée de mégots, la gouttière qui fuit dans ce pays de pluies permanentes, c'est sinistre. Et si je veux faire la sieste toute l'après-midi, mon sommeil en est empoisonné. Au fond j'ai une âme de pionnier. J'aurais adoré défricher, lutter contre la forêt vierge pour défendre mon carré de terre.

J'ai toujours voulu nier les handicaps de la femme. Je commence à ne plus pouvoir refuser d'admettre qu'elle est un être inférieur. Quand on pense à la somme d'empoisonnements que comporte une vie de femme normale et bien constituée (ce qui est rare), sans parler de toute la force vive que lui prennent ses enfants avant, pendant et après la naissance, j'admire qu'elles parviennent encore à passer pour des êtres fragiles et désincarnés et à occuper parfois des situations d'homme.

Tout ce qui arrive aux femmes est diminuant, déprimant voire dégoûtant et les écarte de la communauté, de l'action, de l'aventure. Pour une minute d'émotion vraie entre l'homme et la femme, à la naissance d'un enfant, combien de soirées gâchées par la fatigue, les aigreurs d'estomac, la tristesse sans cause et la sentimentalité idiote contre lesquelles on ne parvient pas à lutter quand on est enceinte. Évidemment, le mari est patient. C'est recommandé dans le *Reader's Digest*. Mais il est inhumain de demander un effort de neuf mois à un homme. À la femme, on ne demande rien. On lui impose. Et je ne parle pas des vergetures, décalcifications, plis sur le ventre, alopécies et autres misères qu'une femme encourt entre dix-huit et quarante ans, pendant la période où on lui demande d'être belle et souriante. L'homme peut perdre ses cheveux, voire un bras ou une jambe, sans pour cela rien perdre de ses chances de réussite sociale et féminine.

Mais tous les Instituts Pelman[1] du monde ne convaincront pas la dame qui porte une moumoute ou un bras articulé qu'elle n'a pas perdu 90 % de ses chances, au moins dans le domaine sentimental. (Et en disant 90 % je fais bien de l'honneur aux hommes...)

Vient un jour où la beauté n'a plus d'importance. Ce n'est pourtant pas encore l'égalité. L'homme fait encore parfois l'amour, sur les conseils du

1. Méthode de bien-être qui connut un grand succès entre les deux guerres.

Dr Bezançon. Quant à la femme, il y a aussi une chose qu'elle continue à faire : la vaisselle.

Et puis, tout de même, vers quatre-vingts ans, un équilibre s'établit : la femme a de la barbe et l'homme se déplume. Ils n'ont tous les deux plus qu'un seul souci : ne pas mourir. Ils ont tout leur temps : ce temps qu'ils auraient si bien employé autrefois. Mais voilà qu'ils n'ont plus la force de se promener, et plus d'yeux pour lire. Plus de mots pour parler, plus de dents pour mâcher les bons plats ou trop mauvais estomac pour les digérer. Il ne leur reste plus qu'à s'asseoir face à face, à regarder la vieille peau de l'autre, et à radoter sur le passé.

J'ai déjà trente et un ans. Je commence à savoir comment il faut vivre à vingt ans. Comment j'aurais dû vivre.

Dans le train Valmondois-Paris
Benoîte

J'adore regarder les petites maisons le long de la voie. On découvre la vie de chaque famille étalée dans le linge qui sèche au bon air des voies ferrées – la blancheur Persil et la blancheur SNCF ! Dans les jouets des gosses au pied des arbres, les potagers soigneusement peignés dans les plus petits « recoins » – les pépés au soleil – les mémés à l'épluchage – car jusqu'à la fin les femelles triment, dans le peuple. À noter que les prolétaires adorent les dahlias, sans doute parce que ça n'a rien d'une fleur sauvage et naturelle. Et puis c'est gros ; ça flatte.

Mercredi 19
Paul

Trop de choses à écrire par ailleurs pour tenir ce journal en ordre.

Nous nous sommes transportés avec armes et bagages, enfants et bonne, à Valmondois. Sans le moindre confort, même élémentaire, c'est encore mieux que Paris.

J'en parle à mon aise car je ne vais pas chercher l'eau à la pompe ni vider les seaux dits hygiéniques par antiphrase, ni évacuer les ordures dans le Sausseron, pas plus que je ne m'attaque aux toiles d'araignées bi-quotidiennes, aux mauvaises herbes du jardin, etc. Un jour ou l'autre, Benoîte écrira une tirade là-dessus, ce qui me dispense de plus amples commentaires.

Un fait est certain, la maison est « charmante » comme disent les « gens » : anachronique, branlante, un peu trop pittoresque, incommode, attachante, exigeante, invivable et pleine de petits secrets qu'on déchiffre au jour le jour.

Le jardin à lui seul suffirait à remplir une existence.

Georges Duhamel – nous avons d'illustres voisins – me disait : « Ce pays est incroyable. Si vous tournez le dos une minute, un arbre pousse derrière vous comme un voleur. »

Et c'est vrai. Les plantes jaillissent du sol avec une insolence exubérante. Benoîte a entrepris contre quelques espèces particulièrement vigoureuses une lutte sans espoir… Les Danaïdes n'ont rien vu. La « viorne » notamment a une façon de regagner le terrain perdu qui laisse Benoîte sans courage. Elle contemple d'un œil morne le champ sur lequel elle a livré bataille, constate quotidiennement avec une stupeur maussade que ses efforts ont été vains et l'oublie dans l'heure qui suit.

Pour tout ce qui touche les travaux de la terre, son âme est laborieuse. Cependant qu'elle va, le sécateur en main, d'un point à l'autre de son domaine, elle me jette un regard où s'est réfugiée toute l'amertume du monde. Je suis généralement allongé sur le divan de mon « bureau » (trois mètres sur deux mètres cinquante), plongé dans d'édifiantes lectures qui vont aisément de la Série noire aux *Mémoires* de Casanova (édition originale, la seule complète).

Et Benoîte savoure la criante injustice qu'il y a de voir un homme oisif cependant que etc.

Je lui laisse ce plaisir de bonne grâce.

À dose homéopathique, l'injustice ou plutôt l'idée qu'on s'en fait procure des joies profondes.

De plus, je n'ai nulle animosité à l'endroit de la « Viorne ».

Rencontré chez les Jean Duhamel une Sud-Américaine assez conforme à l'image d'Épinal.

Nous avons dû lui réitérer trois ou quatre fois l'assurance que non seulement la maison n'a pas l'eau courante, mais encore que la pompe la plus proche n'est pas à portée de la main.

Elle a ouvert au maximum de fort beaux yeux et, opérant mentalement un choix hâtif entre toutes les images horribles qui se présentaient à son esprit, elle a gémi :

— Mais alors, vous ne faites jamais l'amour !

Sa compassion était sincère.

Qu'entre toutes les activités humaines liées au problème de l'eau, cette charmante jeune femme ait choisi celle-là !... Je ne voudrais pas en tirer de conclusion prématurée sur la civilisation sud-américaine, mais je suis sûr qu'en cherchant bien on trouverait dans ce cri du cœur motif à réflexions.

Samedi 22 septembre
Benoîte

Curieux, cet immonde goût d'être infirmière qu'ont les femmes. J'ai été plutôt satisfaite de voir Paul avec un orgelet menaçant. Vengeance pour toutes ces journées à boutons de fièvre, à ventre dolent, à incapacités diverses. Pour une fois c'est l'homme qui est atteint d'un de ces grotesques maux qui enlaidissent. Et je le regarde, moi, avec attendrissement.

Esclavage des femmes z'et des mères : mes filles m'appellent et j'ai autant envie de les voir que d'écrire des choses immortelles. Résultat : je ferme ce cahier.

Dimanche 23 septembre – 21 heures
Benoîte

Encore un dimanche de pluie à Valmondois. Pluie de notes. Notes de pluie. Musique hier et ce soir chez « le Maître » et chez les Geoffroy. Pierre, beau comme un jeune SS, joue de la flûte. Jean est au piano, l'air absent et inspiré.

Dans la grange des Geoffroy, la musique prend une valeur de sacrement réservé à des initiés comme la messe pour les premiers chrétiens des catacombes. La moindre note est chargée de sens. Toute cette famille nourrie de musique vit et remue avec simplicité au rythme des fugues. Les enfants de tous âges entrent et sortent à tout moment et personne ne se dresse, scandalisé, pour les faire taire. Ils aiment trop la musique, ils sont trop intimes avec elle pour la respecter.

Dimanche 23 septembre
Paul

Il pleut. Une sorte de pluie dont Valmondois a le secret : interminable, grasse, lourde, indifférente et ronchonne. Et la terre qui n'attendait que ça se met à suinter avec allégresse.

Agréable promenade sous la pluie, sur la pluie, avec la pluie en compagnie de Jean et Marie-Claire. Halte chez les Geoffroy : grange blanchie à la chaux, deux grands pianos de concert, une vingtaine d'auditeurs hétéroclites.

Antoine Geoffroy a joué : Bach, Lully et je ne sais plus quoi. Avec lui, on oublie « l'instrument » qui est le côté antipathique du piano. On a la sensation incomparable d'une vraie rencontre avec la musique. Pas question de technique, d'écriture, de facture et j'imagine qu'il ne se préoccupe pas de la « plastique » ou de la « métaphysique » de la double-croche comme il est d'usage de le faire sous peine de passer pour un demeuré. Il joue, tout simplement et, tout à coup, c'est un autre langage que celui de la terre.

Quelques-uns des assistants, manifestement venus par hasard « avec les autres », se sont composé une attitude religieuse.

Mais ils évaluent avec une terreur mal dissimulée le nombre de pages des partitions. Chaque reprise amène sur leur visage une crispation fugitive. Leur œil, noyé de tristesse, cherche en vain un motif d'intérêt au plafond, sur le parquet. Écouter de la musique lorsqu'on n'aime « pas ça » est un supplice. Le meilleur fauteuil devient d'un inconfort torturant. D'impérieuses démangeaisons se révèlent, plus généralement entre les jambes et sous les fesses. Et que dire des envies de tousser, de cracher, de moucher qui torturent tout le système rhino-pharyngé à partir de la dixième mesure.

Un pareil spectacle est un régal pour l'amateur.

En cette soirée de septembre où l'hiver est partout embusqué, je me pose des questions.

Pourquoi des êtres jeunes comme Benoîte et moi éprouvent-ils le besoin irrésistible de quitter un appartement confortable pour venir patauger ici ? Pourquoi notre cas se répète-t-il à des milliers d'exemplaires ?

Ce n'est pas, quoi qu'on en dise, un retour à la terre gionesque et poétique. C'est une attitude essentiellement négative. Nous ne venons pas à la campagne, nous fuyons Paris. Cette fuite instinctive déborde le cadre de l'esthétique.

Il n'est plus possible de vivre à Paris ou dans un centre important sans prendre conscience des problèmes essentiels, comme disent les spécialistes qui philosophent à droite et à gauche.

Or je crois que notre génération commence à se rendre compte qu'elle vit au centre d'une monstrueuse conjuration.

J'imagine mal qu'à aucun moment de l'histoire ait pu s'accumuler pareille épaisseur de sottise et d'hypocrisie.

Vendredi 28
Paul

À cinq jours de distance, je relis la petite tirade ci-dessus, interrompue en cours de démonstration par je ne sais plus quel incident de la vie quotidienne. Et c'est très bien ainsi. J'allais me lancer dans de grandes phrases avec la sotte conviction qu'ont les gens de plume de tous poils de détenir une parcelle de vérité révélée.

Nous sommes revenus à Paris, Benoîte et moi. Un rhume démesuré me bloque dans la chambre, avec les yeux rouges, le nez plaintif et les bronches sifflantes.

Et je constate avec un étonnement sans cesse nouveau que les femmes, fussent-elles assez exceptionnelles, manifestent un empressement excessif à se muer en infirmière.

Le spectacle de l'homme boursouflé et geignant les navre, en même temps qu'il leur inspire une sorte de sentiment assez ignoble. Simone de Beauvoir a fait cette découverte, et bien d'autres avant elle. Mais une constatation que l'on fait soi-même prend une tout autre couleur.

Il se trouve pourtant que le plaisir sans mélange que j'éprouve à me faire tripoter, plaindre et même soigner passe avant tout le reste.

Au moment opportun, je me choisis une petite âme dolente, fragile et, l'œil mi-clos, je subis les attentions médicales de Benoîte avec l'exacte mentalité d'un chat persan.

Précisément c'est l'heure des menus soins. Je compte profiter du fait que la grippe donne des courbatures pour suggérer un long et lent massage du dos tout entier.

Et que les psychanalystes aillent se faire foutre.

Dimanche 30 septembre
Benoîte

Nous avons quitté Valmondois pour de bon ce soir. Le lit démontable de Blandine sur le toit, les matelas, les jouets, les ustensiles de cuisine dans la voiture, sans oublier le bouquet des dernières fleurs du jardin pour achever le tableau. Et pauvre Paul conduisant toute cette famille qu'il n'a pas faite, Blandine grippée avec 38 °C, Lison bruyante et énervée, la bonne et une voisine prolixe.

Il y a des moments où il doit lui sembler incroyable d'être à la tête de tout ça et d'avoir sauté à pieds joints dans ma vie et endossé d'un seul coup tout ce que je traîne après moi. Est-ce que je pèse toujours assez dans la balance des avantages ?

Pour nous, c'en est fini des cabriolets décapotables et des projets à deux.

Fini sans avoir commencé, ou plutôt après avoir commencé avec d'autres, ce qui est pire.

Mais ce tonneau des Danaïdes, où nous jetterons nos regrets et nos « si j'avais su » sans jamais le remplir, sera peut-être une raison de plus de nous aimer longtemps car, au fond, nous ne nous aimerons jamais assez pour rattraper le passé.

Lundi 1er octobre
Benoîte

Nous avons perdu trois cent mille francs aujourd'hui. Paul allait les toucher du doigt… Le travail était bien entendu terminé depuis six jours et il apprend que le producteur de films et…

[Deux pages manquantes.]

…fois dans le même trou ! et Paul n'est pas un homme dont je puisse supporter qu'il m'aime à moitié.

Quand Georges m'aimait à moitié, je savais en tout cas qu'il n'aimait rien d'autre et n'était pas plus heureux au pôle Nord qu'avec moi. Mais Paul est trop bien doué pour la vie, pour toutes les vies, pour que le reste ne lui fasse pas oublier rapidement ce qu'il n'aime plus assez.

Il est reparti, ce soir, mener un débat sur le penthotal. Il doit ramener Josiane – et j'en suis presque soulagée. Cela lui évitera non pas d'aller dans les bars penser à autre chose, mais d'avoir à lutter contre son désir d'y aller. Il a horreur d'avoir à lutter contre lui-même et plus horreur encore de se vaincre. Et il a cessé de faire tant de choses qui étaient devenues sa vie même, depuis qu'il est avec moi, que je me demande pendant combien de temps encore je pourrai l'empêcher de les regretter. Le regret, voilà l'ennemi !

Bon. Avouons-le : je viens de lire le journal de Paul. Cette soirée de solitude – et d'inquiétude – m'a porté conseil. C'est pénible au fond de lire le journal de l'homme qu'on aime. On a beau savoir qu'il n'est pas écrit à notre usage exclusif, on espère toujours sottement s'y retrouver à chaque ligne. Résultat, on y découvre qu'on reste étranger d'une manière déchirante. Votre enfant ne vous est jamais si étranger que l'homme qu'on aime quand on le regarde brusquement sous un autre angle. Au moins, son enfant on l'a fait… alors que l'homme qu'on aime vous défait… c'est bien différent.

Quelqu'un d'autre a vu ses mains d'enfant, la tête qu'il avait à dix ans ; tant de gens l'ont formé et rendu heureux avant moi qu'il me paraît brusquement parfaitement gratuit et même incongru que ce soit cet homme-là – qu'une autre femme a mis au monde, que d'autres ont initié à la vie, violé, ému, aimé, trompé – qui soit couché près de moi et que je prétende voir couché là toute ma vie (ou au moins toute la sienne). Qu'est-ce qu'il fait là ? Qu'est-ce qui a amené Paul Guimard, né à Nantes, dans ce lit de la rue Chanez où je compte le garder.

Comment veut-on que nous nous aimions avec tant de souvenirs derrière nous qui n'ont rien de commun, ni sans…

[Deux pages manquantes.]

Paul

... Et celui qui parlait ainsi n'était pas un homme de la rue, farci de slogans et dont le raisonnement ne va pas plus loin que l'article de fond (!) de son journal habituel.

C'était un médecin, auteur d'un livre – très mauvais, mais tout de même... – et président de l'Association des médecins écrivains...

La rencontre avec la sottise a toujours quelque chose de blessant...

Et les communistes ont bien de la chance. L'anticommunisme bête qui sévit en ce moment les rendrait sympathiques à leurs adversaires dont je suis tenté d'être.

Mercredi 10 octobre
Paul

J'avais aujourd'hui quantité de choses à faire et notamment la récupération de droits d'auteur qui traînent un peu partout et dont le besoin se fait sentir. Mais j'étais si bien dans notre chambre que j'ai commencé la journée entière à voguer du lit au fauteuil en lisant de temps à autre d'excellentes et courtes nouvelles de Pearl Buck. Généralement, lorsqu'une crise de paresse me submerge, je lis *Fantômas* afin de renforcer cette divine impression de gaspillage total du temps. Mais la librairie Stock a la bonté inexplicable de me faire le service de ses auteurs étrangers. Le livre venait d'arriver... Bref, j'ai péché...

D'ailleurs on ne paresse bien que l'esprit pur. Or il y a eu entre Benoîte et moi ce qu'on appelle une scène. Le sujet n'a pas d'importance, non plus que le détail. Le fait ne mérite pas même d'être signalé s'il n'était rarissime. Tout est terminé depuis longtemps, nous avons en chœur battu notre coulpe et pourtant je ne cesse d'y penser…

Comment peut-il exister entre deux êtres qui vivent côte à côte et qui s'aiment aussi profondément que nous des abîmes aussi vertigineux que ceux qui se révèlent brusquement en de pareilles occasions. Chacun s'estime offensé et proclame son innocence avec une sincérité véhémente qui prendrait une forte saveur comique si l'on ne se rendait compte que le bonheur, en définitive, dépend de l'accord de ces deux sincérités terriblement subjectives.

Tout est paradoxal et incohérent dans la vie d'un couple : ce besoin l'un de l'autre et cette opposition des sexes. L'homme et la femme sont aussi peu faits que possible pour vivre ensemble à égalité ; c'est pourtant la seule aventure qui justifie tous les risques.

On ne peut souhaiter situation plus inextricable qu'un homme et une femme face à face pour la vie. C'est la situation la plus dramatique du monde et cela reste la situation dramatique numéro 1.

Et puis, il y a l'amour qui naît sans raison et meurt pour des raisons absurdes.

J'ai peur que le lieu commun ne fleurisse en pleine terre dans ce journal périodique. Je n'ai d'ailleurs aucun complexe à ce sujet. Les lieux communs ont d'abord été des vérités premières et c'est à tout prendre plus reposant que la connerie obscure et laborieuse.

Mercredi 10 octobre
Benoîte

Par amour, j'ai été voir sans trop me faire prier *Samson et Dalila.* J'avais raison de détester a priori tous ces films. Il y a certains passages, notamment la vue de la fenêtre de Dalila, ouverte sur une nuit d'Asie, qui sont d'un grotesque si achevé qu'ils ont l'air d'une parodie de « ciel d'Orient » pour bande dessinée. Le ciel est noir piqueté d'or ; des palmiers violines se détachent sur le fond ; au premier plan, quelques cactus de carton. C'est incroyable qu'une équipe de techniciens et de spécialistes ait pu regarder ces paysages sans rigoler. Quant au temple des Philistins, c'est une hideuse construction en carton gris qui pourrait être aussi bien chinoise que soudanaise. Quand on lit que ce film « monumental » a coûté onze ans de recherches historiques, sociales, etc., on a envie d'aller voir *Bérénice* devant un rideau.

Dimanche 14 octobre 1951
Benoîte

Week-end de voleurs, tous les deux à Valmondois. Il a plu doucement hier. Le temps est doux. Les feuilles sont encore sur les arbres par habitude, en sursis.

Paul est au fond du jardin avec la vieille carabine du voisin, M. Denis, à guetter les grives qui dévorent ses raisins. Mais la carabine est aussi vieille que le voisin et la poudre a depuis longtemps oublié pourquoi elle était faite. Une cartouche part pourtant de-ci de-là. Il est accroupi dans les feuilles mortes, sous l'abri de sa veste kaki comme l'herbe d'automne, attentif comme s'il chassait le lion, avec ses cartouches éventées et son fusil d'ancêtre.

Moi j'écoute à un poste anglais de vieilles pastourelles charmantes et puériles et le feu craque dans la cheminée. Il y a vraiment dans la vie des minutes parfaites. Quel repos et quel rajeunissement de ne pas guetter les cris et les larmes, de n'avoir qu'à penser à soi et à l'autre, comme si l'on avait vingt ans… ou une nurse diplômée…

Comme les enfants vous tirent vers la maturité ! Et comme j'ai hâte d'avoir avec Paul un enfant qui nous tire tous les deux ensemble. Car être tiré par les enfants des autres, sans avoir la joie qui ne se compare à rien de serrer son propre enfant dans ses bras, c'est amer. Un enfant est un événement irrémédiable après lequel il est presque impossible de retrouver le délicieux et sain égoïsme de sa jeunesse. Si c'était le devoir qui vous retenait, mais c'est tellement plus hélas !

Lundi 15 octobre
Paul

Manchette du *Figaro* :

« La vision miraculeuse de Fatima s'est renouvelée trois fois aux yeux du Pape pendant l'année sainte, révèle le cardinal Tedeschini.

« … Pendant trois jours de suite, les 30 et 31 octobre et le 1er novembre 1950, Pie XII, alors qu'il faisait sa promenade quotidienne dans les jardins du Vatican, vit, chacun de ces trois jours, le soleil se déplacer, changer de forme, se convulser. Le cardinal Tedeschini qui a révélé ces faits avant-hier – et il faut bien croire qu'il les tient, ainsi que leur interprétation, de la bouche même du Souverain Pontife lui-même – attribue ce phénomène céleste à l'influence de la Vierge Marie. »

Comme tout un chacun, j'écris des poèmes. Les rares éditeurs à qui j'ai eu l'audace d'en parler m'ont fait comprendre, avec des sanglots dans la voix, qu'en langage d'édition, poésie était synonyme de ruine. Je vais donc glisser des poèmes dans ce journal ; habilement dissimulés dans l'épaisseur de la prose, ils seront publiés envers et contre tous.

Trois doigts d'aventure
Dans un verre en cristal de Bohême
Un oiseau à la boutonnière
Et des maîtresses plein les poches
Sur un pas redoublé en forme de ballade
Je suis parti pour me chercher un camarade

Je l'ai trouvé assis au bord d'une chanson
Mâchant un brin d'alexandrin classique
Sous un grand ciel bleu horizon
Je l'ai reconnu tout de suite
Il écrivait des vers qui ne rimaient à rien
Pas même au précédent
Mais dont le goût restait très longtemps sur les lèvres

Je me suis assis à côté de lui
Sur un tas de souvenirs d'enfance

Et nous avons commencé à parler d'autre chose
En croquant une chimère au marsala
Le plus simplement du monde.

Jeudi 18 octobre
Benoîte

Hélas ! Voilà encore Paul avec un policier. Il n'avoue jamais que son livre est mauvais avant la dernière page, ce qui lui permet de le lire jusqu'au bout avec un semblant de prétexte et de dignité. Ce goût pour les westerns imbéciles et toujours semblables à eux-mêmes est vraiment un des caractères spécifiques de l'homme. Les femmes remplacent ce vice par un goût incoercible pour les histoires sentimentales, même mauvaises. Un médiocre film sentimental me laisse rarement complètement indifférente, je dois l'avouer. Il suffit que je voie sur l'affiche une femme, les cheveux épars, offrant ses lèvres à un homme qui n'en veut pas, marié à une autre peut-être ou, mieux encore, consacré à Dieu, et écartelé entre le désir et le devoir, pour que je ne puisse résister.

La différence tout de même est que je lutte contre ces tendances honteuses, alors que fidèle à ses théories – commodes, il faut bien le reconnaître – Paul se plonge sans remords dans ces ouvrages dégradants.

Le même soir

Rentrant de dîner chez mes parents, j'ai montré à Paul pour la vingtième fois la maison où j'ai passé mon enfance, rue de Varenne. Il m'a dit : « Ah ! C'est là ? » avec un intérêt qui semblait réel… et nouveau.

Avec lui, je suis toujours partagée entre le plaisir de raconter mes histoires une fois de plus sans risque de le lasser, et le dépit de voir qu'il fait si peu de cas de mes souvenirs d'enfance !!

Et pourtant, il a l'air d'écouter, que dis-je, il écoute, avec un indéniable intérêt qu'il serait bien incapable de feindre pour me faire plaisir, d'ailleurs. Que conclure, sinon que ces êtres-là sont adorables…

Samedi 20 octobre
Paul

Benoîte a lu mon journal.

Elle vient de m'affirmer le contraire, ce qui me fortifie dans ma conviction.

Or, je la connais : son soin le plus immédiat aura été de confier son parjure à son grand cahier noir. Aussi, j'ai proposé, d'un air très innocent, d'échanger nos journaux. Elle s'est récriée avec une telle énergie que ma conviction s'est transformée en certitude.

D'ailleurs, Benoîte ment très mal. Si, un jour, un seul de ses mensonges m'échappe, c'est que j'aurai perdu la vue.

Mentir aussi mal devient de la franchise.

Samedi 20 octobre – 24 heures
Benoîte

Nous venons de décider de changer de tactique et de lire chaque jour le journal de l'adversaire pour rendre le dialogue plus vivant et plus serré.

J'ai fait la bonne joueuse et accepté la proposition.

Je croyais même avoir bien joué, finement et tout.

Mais un coup d'œil par-dessus mon épaule (nous écrivons tous deux côte à côte au lit) m'a montré que Paul n'ignorait plus rien de ma conduite. Je crois qu'il s'y attendait depuis toujours car je ne lui ai jamais caché que mes promesses ne valent pas un liard.

J'étais sincère en promettant de ne pas lire son journal – car j'estimais à ce moment-là que ç'aurait été nuisible. Il fallait débuter seule, sans influence. Maintenant, nous sommes lancés et il n'y avait plus de raison raisonnable de tenir cette promesse.

D'autant que ces lignes devaient de toute façon m'être dévoilées, je n'ai donc fait qu'anticiper... N'empêche que le jour où je voudrai tromper Paul, je ferai bien de prendre des cours de comédie chez Simon.

Donc le pot aux roses va être dévoilé d'ici dix minutes. Deux solutions : il m'embrasse. ~~Il ne m'embrasse pas.~~ (Je rayerai tout à l'heure la mention inutile.)

Benoîte

Dimanche 21, le premier que nous passons à Paris depuis le printemps. Et c'est bien agréable. Il fait outrageusement chaud dans notre chambre. Paul est au lit à 4 heures de l'après-midi à lire *Le Lys de Brooklyn*. Et moi j'ai mis ma plus jolie blouse, jaune citron, pour rien. Rien que pour jouer à la belote en face de lui.

Hier, nous avons parlé « grands voyages » pendant tout le déjeuner. J'ai participé à la conversation avec une mauvaise grâce criante. Paul avait l'œil vague de ceux qui contemplent les lointains horizons et voyait naître en lui le Vasco de Gama qui sommeille dans le cœur de tout homme. Je me sentais plus que jamais le gros ovule statique devant le spermatozoïde sans bagage et vagabond. Les symboles physiologiques de l'homme et de la femme sont d'ailleurs tout un programme : ♀ et ♂, l'un fiché dans le sol, l'autre, une flèche prête à partir.

Josiane et son amie Lucette, qui étaient à table avec nous, écoutaient avec passion, enthousiasmées, comme toutes les jeunes filles, par Albert Mahuzier, Mermoz et la Cordillère des Andes. Elles achètent tous les livres de chasses au lion et d'explorations, et croient dur comme fer au monsieur qui fait le tour du monde avec un sou en poche, en écrivant ses articles.

Paul vient de laisser tomber *Le Lys de Brooklyn* et s'est endormi.

Il est indéniable que j'aime mieux le savoir au lit, fût-ce celui d'une autre, que sur l'Annapurna. Et au fond n'est-il pas aussi admirable de trouver l'ivresse dans la vie quotidienne que d'avoir besoin de huit mille mètres d'altitude pour se prouver qu'on est un homme ? Les grandes explorations sont à la vie ce que le vice et la pornographie sont à l'amour. Un moyen de rendre excitant ce qui ne l'est plus assez.

Je sais que je raisonne là en femme – qui plus est, en femme qui a connu pour toute aventure la clinique du Belvédère, la salle dite de travail et les « Allez, allez, allez... mieux que ça » d'une infirmière, pendant que son mari était au bout du monde en train d'étudier tranquillement l'épaisseur de la calotte glaciaire du Groenland.

Mais cette hypothèque que la maternité prend sur la vie des femmes finira par être levée. Et le jour où dans un univers à la Huxley les fœtus grandiront en bocal, le jour où l'amour maternel pourra au besoin être remplacé par un jet d'acide ribonucléique, le jour où la liberté de conception sera admise chez les femmes, comme est admise chez les hommes la liberté de reconnaître ou non un enfant et d'épouser ou non la mère, les sexes pourront prétendre à une certaine égalité.

Et ce jour-là, la veulerie des femmes devant l'aventure, leur soumission, leur goût pour les pantoufles et le foyer bourgeois, et la plupart des défauts qu'on leur reproche disparaîtront parce qu'ils n'auront plus de raison d'être.

Le jour baisse avant d'avoir eu le temps de se lever – la brume s'épaissit un peu –, voilà toute la différence entre le jour et la nuit en ce moment. Et dimanche est passé sans avoir été.

Paul n'a pas quitté son lit. Nous ferons ce soir une « belote améliorée » selon la formule que nous avons nous-mêmes mise au point pour notre usage personnel. Et nous parcourrons les deux mètres qui nous séparent de notre lit pour aller nous recoucher. Moi, sans doute de fort méchante humeur car je déteste perdre et Paul a au jeu une chance si insolite qu'elle me ferait presque croire en Dieu.

Jusqu'ici, je réussis encore à nier la chance et à espérer que la loi des grands nombres et le calcul des probabilités renverseront un jour la situation à mon profit. Mais combien de temps tiendrai-je encore ?

Cependant, allons faire un peu de ménage pour sanctifier le dimanche.

Tous les samedis en effet, les filles de la concierge « font l'escalier », et le dimanche, je m'aperçois que « mes » parquets brillent moins que le leur. Je mets donc mes gants, je m'arme de paille de fer, et sur mes cheveux fraîchement brillantinés commencent à s'agglutiner 50 % de la poussière et des gravats que j'enlève par terre.

Si je mets un foulard, j'ai la frange qui sort et qui se salit. De toute façon, il faudra aller chez le coiffeur le lendemain. Coût de l'opération : sept cents francs. Le frotteur de l'Élysée me reviendrait moins cher !

Quant à faire faire le ménage par la bonne, il n'en est pas question aujourd'hui : on lui a emprunté mille francs ce matin pour faire le marché !

J'ai oublié de parler d'un film vu hier : *Les Mains sales*.

L'intelligence à elle toute seule suffit à faire un film, c'est prouvé.

Les défauts, car il y en a, n'ont aucune importance. Lorsque commence l'échange des idées entre les deux héros, on est plus accroché, plus ému, plus angoissé que devant le combat de Samson et du lion dans Cecil B. DeMille.

Les idées sont aussi dramatiques que des coups de feu quand elles sont maniées par Jean-Paul Sartre.

Paul

Le cadavre mélancolique

Une Ophélie noyée sous le pont de l'Alma
S'en allait vers Saint-Cloud
Entre deux berges de marronniers
Au milieu de la Seine et de l'indifférence générale
Une petite Ophélie rousse qui noyait des rêves exagérés
Par un matin de douceur grise
Et les promeneurs du dimanche
Détournaient les yeux de ce spectacle incongru
De ce corps chaviré par le plus grand des hasards
Ophélie descendait le courant et poursuivait son dialogue intérieur
Son petit bonhomme de chemin
Son petit bonhomme de dialogue
Et les promeneurs du dimanche
Les cheminots des quais dominicaux
Détournaient les yeux du corps en dérive
Et ne voyaient pas même
Dans la douceur grise de leurs souvenirs
Leurs Ophélies noyées au milieu de la Seine
Tous ces cadavres mélancoliques
Que l'on traîne après soi lorsqu'on a cinquante ans.

Mardi 23 octobre
Benoîte

À propos des *Grands Courants de la biologie* que je viens de lire, nous avons discuté des perspectives de la science et de la métaphysique, Paul et moi.

Nous restons toujours sur nos positions respectives, et je me demande si l'un de nous parviendra jamais à convaincre l'autre, avec le temps, et si nous discuterons toujours avec la même fougue à soixante-dix ans. Si la science progresse assez d'ici l'an 2000, si elle arrive à découvrir ce qui sépare la molécule inerte du virus (à prouver en somme que la vie n'exige pas d'intervention divine et ne diffère de l'inanimé que par sa formule chimique), je serai bien près d'avoir gagné.

Si la science n'a pas trouvé ce secret-là – qui recule l'empire de Dieu ! – eh bien il me restera à espérer en l'avenir. De toute façon, je ne perdrai pas la face, car il est bien improbable que l'on trouve un jour une preuve formelle et irréfutable de l'existence de Dieu !!

On ne peut nier au contraire que chaque nouvelle découverte restreint son domaine. La physique grignote peu à peu la métaphysique. Le moindre généticien crée aujourd'hui des variétés d'animaux, de plantes et de matières qui valent bien celles du Créateur. La vie leur dévoile peu à peu tous ses secrets et la manière de s'en servir. Quand on manie si bien l'outil, on est bien près d'en connaître la nature.

La plus belle aventure aujourd'hui, ce n'est pas d'être explorateur ou chasseur de fauves, ni même pilote. C'est d'être chimiste ou biologiste. Car c'est à un chimiste qu'il va appartenir de faire la découverte la plus extraordinaire de tous les temps : la formule chimique de la vie.

Quel repos pour les hommes de ne plus avoir à faire la part du mystère, de savoir qu'ils sont seuls en cause, qu'ils sont leur unique but et que le paradis doit être sur la terre, ou ne pas être.

Mardi 23 octobre
Paul

L'autre soir, après un dîner chez les Caron, nous avons philosophaillé sur le bonheur, le plaisir, l'influence de la civilisation sur l'instinct sexuel... et puis encore que sais-je !

Georges Ribemont-Dessaignes[1], qui apporte à toutes choses une passion qu'il cherche en vain à dissimuler derrière un scepticisme de mauvais aloi, s'est lancé dans une suite de démonstrations dont Benoîte a pris le contre-pied avec la mauvaise foi tumultueuse qu'elle apporte dans toutes les discussions...

Après avoir fait une consommation élevée de postulats et de paradoxes, la conversation est tombée comme une toupie fatiguée et nous nous sommes regardés avec un rien de gêne.

C'est une constatation assez effrayante pour des « intellectuels » que cette impossibilité rigoureuse de résoudre par la dialectique les « problèmes essentiels ».

Seul un de nos amis, Dick, physicien de son état, s'obstinait, dans le silence devenu général, à répéter

1. Écrivain, poète, proche de Picabia et de Duchamp.

sans conviction : « C'est simple… c'est pourtant très simple… »

Nous l'avons considéré avec beaucoup de tendresse.

Il n'y a que les scientifiques pour croire encore que les problèmes simples sont les plus faciles.

Lundi 5 novembre
Benoîte

Lu sur le journal d'un voisin dans l'autobus qu'il se passait quelque chose « en Patagonie ». Surprise toujours renouvelée de découvrir que la Patagonie existe bel et bien. On a beau le savoir on ne parvient jamais à s'en convaincre.

Goûté cet après-midi avec une « ancienne du cours » chez Rumpelmayer, envahi de femmes oisives qui se paient des gâteaux hors de prix sur le dos de leurs maris qui travaillent. La disproportion des sorts d'une femme pauvre et d'une femme riche me choquera toujours. L'homme dans tous les milieux travaille – plus ou moins – et plus ou moins confortablement bien sûr, mais enfin, en général, il travaille.

Les femmes riches sont des espèces d'oiseaux inutiles qui peuvent se débarrasser sur d'autres (femmes, encore) de toutes les corvées de la vie. En outre, elles peuvent se faire avorter en Suisse si leur appartement de six pièces leur semble trop juste pour un troisième enfant.

Alors que leurs seins qui ne sont pas nourriciers s'abîment moins que ceux des autres, elles peuvent se les faire remonter chez Breast. Pour quatre-vingt-dix mille francs (le résultat n'étant garanti que pour un an).

Elles se font bichonner les ongles des pieds par un Chinois alors qu'elles ne se servent pratiquement pas de leurs pieds, elles. Et le reste du temps, elles dégustent chez « Rumpel » ou chez la Marquise de Sévigné en disant du mal de leur mari.

C. commence à ressembler à « ces dames de chez Rumpel ». Elle a l'air d'une poule qui a fait son nid. Et elle regarde de haut courir les autres avec cet air sûr de soi que donne la beauté quand elle est rehaussée de bijoux véritables et jointe à la certitude d'avoir un coq à soi.

Je n'avais pas bu de chocolat liégeois depuis des années. De mon temps, on les dégustait avec une paille. C'était liquide, avec des floppées de crème fouettée qui n'en finissaient pas d'entrer dans la paille avec des borborygmes délicieux... Aujourd'hui ce n'était qu'une glace au chocolat dans un grand verre, avec une cuillerée de crème au sommet. Je me demande qui est le traître, de mon souvenir ou du pâtissier ?

Après la vision de Fatima, qui selon Paul relève des frères Lissac (vision parfaite à prix honnêtes), le pape continue à se faire remarquer. Voilà maintenant qu'il tourne ses regards infaillibles vers la vie sexuelle des autres. Où diable va-t-il fourrer son Saint Nez ?

L'exégèse des quarante-deux positions et l'éloge de la chasteté fait par cet éphèbe de soixante-quatorze ans sont assez réjouissants – pour les im-Pies...

8 novembre
Benoîte

Rencontré ce matin un aveugle qui vendait des balais. Je voulais lui en acheter un mais je n'avais pas la somme sur moi… et voici les phrases que j'ai vues avec horreur s'échapper de mes lèvres :

— Je voudrais ce balai, le noir, s'il vous plaît…

Comprenant l'inutilité de ce détail, je précisai par un détail plus inutile encore :

— Celui-là, en le montrant du doigt. Pourriez-vous passer me l'apporter vers 1 heure ? C'est au 9 de la rue Chanez… vous verrez, il y a une grande grille d'usine. Je vous guetterai par la fenêtre d'ailleurs, et je vous ferai signe !

Tout y était.

Pour me consoler, j'essaie de me persuader qu'il m'a répondu : « Je vois ce que vous voulez dire ! »

12 novembre 1951
Benoîte

La Bibliothèque nationale abrite sous ses coupoles la Société de géographie, dont les bibliothécaires sont encore plus mutilés et clignotants que tous les gardiens de musée de France et de Navarre.

Lassée de ne pouvoir obtenir un ouvrage à la salle de lecture, j'y suis allée hier et j'ai tendu au gardien de service « le bulletin rose » avec la cote du livre. Il l'a pris d'un air las et il est resté assis sur sa chaise.

Moi (pour dire) : C'est aussi long qu'à la grande salle ici ?

Lui : Oui, c'est du pareil au même.

Et comme il ne manifestait aucune velléité de mouvement, j'ai insisté :

— Mais… C'est le bibliothécaire que vous attendez pour lui donner mon bulletin ?

— Non. C'est moi le bibliothécaire. Mais j'attends qu'il y ait un autre client. La réserve est au troisième sous-sol dans les bâtiments d'en face. J'suis trop vieux pour me déranger pour un seul bulletin !

Et je suis restée debout à attendre qu'il estime m'avoir assez vue.

13 novembre 1951 – 20 h 30
Benoîte

Les filles sont parties chez leur grand-mère à Toulouse, pour un mois. Et je me retrouve brusquement seule, sans ces deux résultats tangibles de ma vie. Paul est justement à Gaumont ce soir jusqu'à minuit. Et c'est le silence dans la maison. Un silence de mauvais aloi. Un silence qui n'est pas fait de sommeil tranquille, mais d'absence. Elles seraient endormies à cette heure. Et pourtant je n'arrive pas à me persuader que c'est la même chose.

J'ai éteint la lumière dans leur chambre pour un mois. Jusqu'au 15 décembre, les parquets vont rester cirés, les jouets alignés bêtement. Et le matin, Blandine partie à l'école, je ne verrai plus Lison accourir et se glisser dans mon lit, les fesses nues, laissant la porte sur le couloir grande ouverte, malgré les ordres réitérés de Josiane.

Ah comme nous allons bien dormir ! dis-je à Paul avec un sourire jaune.

19 novembre
Benoîte

Finalement, je crois qu'on se leurre en pensant que l'homme qu'on aime est plus fin, plus clairvoyant que les autres. L'amour à ses débuts donne des antennes, qu'on perd vite – surtout les hommes. Très vite chacun ne vit plus que pour lui. Et gare à celui qui aime plus – ou trop. Tout se paie. Et tout ce qu'on apprend à aimer porte en soi la déception du lendemain. Car on ne peut pas être comblé tous les jours. Chaque joie porte un revers que l'on découvre un jour ou l'autre.

Aujourd'hui, c'est l'autre, justement. Et ce m'est l'occasion de regretter le temps où je n'attendais le bonheur de personne que de moi-même, où je me promettais bien de n'en jamais confier le soin au caprice d'un homme, quel qu'il fût. On y gagne quelques petites choses qu'on juge inestimables sur le moment. Mais qu'est-ce que cela pèse le jour où l'on se retrouve en face de soi-même et qu'on doit s'avouer qu'on ne sait plus faire son bonheur tout seul ? Ou plus exactement qu'on pourrait à la rigueur vivre seul mais qu'on ne peut plus vivre sans quelqu'un ! Si je devais avoir l'occasion trop souvent de m'en rendre compte, je ferais les modifications nécessaires dans la structure de mes sentiments, pour éviter des journées comme celle-ci. Ce serait une mesure de salut public. Je ne veux devenir ni odieuse ni obsédée.

Il est possible que l'échafaudage de mes sentiments tel que je l'ai édifié soit parfaitement inviable.

L'avenir me le dira. Pas trop durement, j'espère.

Paul

PAVANE DU MONSIEUR SEUL

Tant de pensers mélancoliques à la table du monsieur seul
S'agitent
Et dans le lit du solitaire
Sur une musique en forme de pavane
Traînent
Tant de regrets accommodés d'ennui
Dans la tête du monsieur seul
Dorment
Tant de désirs qu'il faudra satisfaire
Que dans le lit du solitaire
Il pleut
À verse
Sur une musique en forme de pavane
De lourdes gouttes de regret
Amères comme des larmes
Inutiles et amères
Et les souvenirs mijotent à petit feu
Dans l'assiette du monsieur seul
D'amers souvenirs en ragoût
Dans l'assiette du solitaire

Qui n'a plus faim
Plus faim du tout

28 novembre
Benoîte

Un homme réussit toujours à donner un sentiment de culpabilité à sa femme quand elle va chez le coiffeur. Pourtant je dépense moins d'argent chez le coiffeur que Paul pour ses cigarettes. Mais voilà ! Le tabac est une chose noble et virile, c'est l'ami du travailleur et de l'artiste. Alors que le coiffeur est une frivolité superflue. Je voudrais bien voir combien de temps Paul me resterait fidèle si je portais les cheveux tels que le Grand Manitou me les a faits !

1er décembre
Paul

J'ai laissé Benoîte cheminer seule tout ce temps car je devais écrire ailleurs pour régler un certain nombre de problèmes matériels immédiats. Comme on se fatigue de voyager solitaire, elle a délaissé son journal, ce qui me navre, car je compte plus sur ce journal que sur la vie conjugale, pour avancer dans la connaissance de ma femme. Certaines gens – dont elle est – éprouvent d'insurmontables difficultés à dire ou à avouer certaines choses à une personne vivante et se livrent au contraire sans la moindre réticence, dès lors qu'il s'agit d'écrire. Je ne sais si les psychanalystes ont étudié le phénomène.

Pour ma part, je serais incapable d'écrire la plus banale et classique lettre de rupture tant j'éprouve de difficulté à mettre un sentiment en forme épistolaire.

C'est aujourd'hui dimanche – Valmondois, sa pompe et ses œuvres sont à mi-chemin du passé et de l'avenir. Nous avons fermé la maison jusqu'au printemps et nous reprenons, à Paris, la tradition des dimanches d'hiver : dimanches en chambre où nous mijotons avec délices dans un univers limité par les quatre murs. Tout est en désordre. Le moindre effort est interdit. De temps à autre, nous échangeons quelques phrases qui enchaînent sur une conversation commencée une heure auparavant. Dehors, il pleut. Le lit reste ouvert toute la journée en prévision de petites crises de somnolence. Nous sommes merveilleusement veules et mous, fondus dans la tiédeur ambiante. Sujets de méditation favoris : les voyages… Dans un mois la Bretagne pour faire mettre du chaume sur le toit des chaumières ; dans deux mois la montagne… les plongeons dans la mer glacée, les grandes courses dans la neige. Je ne ferai ni l'un ni l'autre, mais j'y pense… j'y pense !

1er décembre
Benoîte

Rien de plus passager qu'un état d'âme ; s'il est un domaine où on ne peut pas saisir la vérité, même sa propre vérité, c'est bien celui des sentiments, de la vie affective. (Ceci pour dire que je suis réconciliée avec Paul et que je me demande même comment et pourquoi j'ai pu avoir le moindre grief contre lui !!)

J'ai eu la satisfaction de trouver dans Rostand (Jean, bien sûr !) cette opinion qui résume admirablement ma position (parlant de l'évolution) :

« Il n'y a pas lieu de se laisser enfermer dans le décevant trilemme : hasard, antihasard et Lamarckisme. Entre ces trois explications – l'une incomplète, l'autre illusoire, la troisième démentie par l'expérience – où donc est le profit de choisir ? S'agissant du problème de l'évolution, comme de tant d'autres, la plus sage attitude, et la plus loyale est, nous semble-t-il, de réserver la place d'un inconnu qu'on s'abstiendra de baptiser et dont on se gardera de faire un inconnaissable.

« ... Ce ne peut être le rôle de la science de passer la main à la métaphysique. Il sera toujours temps de se rabattre sur le mystère : attendons au moins quelques milliers de siècles, et faisons crédit aux imprévisibles nouveautés de l'avenir qui s'entend si bien à déplacer les points de vue et à poser différemment les problèmes.

« Si parfois, nous nous sentions portés à douter de ces apports du futur, amusons-nous à relire ce que disait Montesquieu en 1717, à l'académie de Bordeaux :

« "Les découvertes sont devenues bien rares et il semble qu'il y ait une sorte d'épuisement dans les observations et dans les observateurs. Nous sommes presque réduits à pleurer comme Alexandre, de ce que nos pères aient tout fait et n'aient rien laissé à notre gloire." »

4 décembre
Benoîte

Quand on sait ce que nous savons, Paul et moi, l'un sur l'autre (et sur nous-mêmes), je trouve que c'est un fameux acte de foi et d'espérance de se marier.

Dimanche 16 décembre
Paul

Une page par quinzaine, c'est peu pour un journal quotidien. Surtout lorsque, dans l'intervalle, se placent des événements qui ont une certaine importance : notre mariage pour ne citer que celui-là.

Donc notre union est dûment constatée, approuvée, consignée dans des registres divers. Nous sommes un couple légal et nous le resterons, j'espère, jusqu'à ce que mort s'ensuive.

À peine revêtus de notre nouvelle dignité sociale, nous avons embarqué à bord d'une traction avant qui, par un hasard bienveillant, se dirigeait vers la montagne, et nous voici à Val d'Isère, courbatus, luxés, tordus, endoloris. Grâce à ce voyage-surprise, nous n'avons pas eu le temps de réfléchir ni de nous avouer que cette « formalité », à laquelle nous nous sommes soumis avec le sourire indulgent des esprits supérieurs, représente tout de même « quelque chose ». Nous ne nous aimons ni mieux ni autrement qu'avant. Mais une sorte de fatalité pèse désormais sur nous.

Pour l'heure, nos préoccupations immédiates sont simples : effectuer la descente la plus longue dans le minimum de plaies et bosses. Benoîte se déplace sur la neige avec grâce et efficacité. Pour ma part, je procède par glissades chancelantes et saccadées à la grande joie de l'assistance. Il est manifeste que mes ailes de géant m'empêchent de marcher, quelque effort que je fasse, mes skis sont affligés d'un strabisme convergent ou divergent, selon les cas. Le résultat, hélas, est le même.

On a commis la mauvaise action de m'attirer sur la piste où s'entraîne l'équipe de France. Il m'a fallu deux grandes heures pour retrouver une surface plane. Entre-temps, profitant d'une chute particulièrement réussie, mon nerf…

[Une page manquante.]

Benoîte

… c'est qu'on l'habille de couleurs éclatantes, sans jamais montrer son revers, ni tous les vrais mobiles, et qu'on enrôle ainsi 90 % des « jeunes » de tous les pays, occidentaux du moins.

Car en Orient, Dieu sait ou plutôt Krishna sait qu'ils s'en moquent des plus ou des moins de huit mille.

Tout ceci pour dire que nous faisons du ski à Val d'Isère, huit jours avant l'arrivée des Parisiens, et qu'à chaque portillon de téléphérique on se réjouit d'y être seuls. Tout est prévu pour la joie et le délassement du touriste. Au point que les villageois ont disparu pour se muer en parfumeurs, en coiffeurs, en hôteliers et en marchands de fuseaux à quinze mille francs. Et comme un village de la Belle au bois dormant, tout retombe dans le sommeil quand le dernier grain de neige a fondu. Nous avons – pour notre part – réveillé un téléphérique et un monte-pente, juste assez pour nous apercevoir que nos corps ne sont plus bons à rien. Paraphrasant l'Évangile, je me suis dit sévèrement : « Tu as des jambes et ne tiens point debout. Tu as des muscles et ne sais point t'en servir. » Après une première journée de descentes honorables, je me retrouve en effet moulue jusqu'au masséter ! Jusqu'au muscle qui commande le petit doigt – le muscle de l'éminence hypothénar, vient de me dire Jean Duhamel –, je ne peux rien déplacer sans pousser un cri.

Pourtant le soleil luit ce matin sur les pics à droite de notre lit – et c'est le dernier matin. Demain à la même heure, nos pauvres yeux se poseront sur les façades de la rue Chanez – façades « service », qui pis est ! Les entrées de « maîtres » donnent sur le boulevard Exelmans.

Je vais tout de même prendre le « télé » jusqu'au Solaise. Mais comment envisager de faire un « aval » sur une pente difficile (Val d'Isère est une station pour skieurs expérimentés, dit le prospectus) quand j'ai peine à me lever de mon lit !

Pourtant je considérerais comme infamant de descendre en téléphérique, ce qui prouve qu'après tout il y a un petit Herzog en chacun de nous.

Je n'ai pas dit que nous étions mariés. J'espère que Paul l'aura dit. J'en parlerai une autre fois. J'ai la vie devant moi.

Mardi 18 décembre
Benoîte

Le jour de notre mariage s'éloigne déjà dans le passé. Il me sert encore à retrouver la date d'aujourd'hui. Mardi 11 décembre et sept : dix-huit – nous sommes le 18. Dans huit jours, il se sera confondu avec la file et n'aura plus rien à faire avec le présent.

Ce jour qui a été si longtemps pour nous un lointain avenir, presque inespéré, voilà qu'il nous a brutalement quittés et qu'il s'est enfoncé, aussi vite que les autres, dans l'immonde cloaque du passé.

J'en suis presque à prier : « Ô temps, suspends ton vol. » Brisons là.

Nous voilà dans notre lit bleu – que nous retrouvons toujours avec joie, car il est la justification idéale du « grand lit », opposé aux « lits jumeaux ». C'est la preuve par deux de la supériorité du lit « matrimonial », comme disent les Italiens.

Certains lits de province, si moelleux que les quatre-vingts kilos de Paul m'attirent invinciblement dans leur orbe sans que je puisse même m'accrocher aux bords escarpés du matelas, me font parfois penser que les lits jumeaux ont du bon.

Mais dans notre lit, le sommier, à la fois souple et résistant, se prête à toutes les promiscuités comme au parallélisme total. On peut s'ignorer, mais avec la délicieuse certitude qu'il suffit d'allonger le petit doigt pour vérifier que le corps de l'autre est bien là, tièdement endormi et nullement étonné de ces perquisitions.

Bref, nous sommes heureux à bord de ce lit. Paul lit le vingt-troisième volume de *Fantômas* et je le supporte.

La rue Chanez est encore plus sinistre que dans mon souvenir. Un brouillard cotonneux couvre Paris depuis deux jours, putride et suffocant.

Mais j'ai encore la tête pleine de pentes neigeuses et je passe mes nuits à les dévaler dans un style… de rêve. À l'aller, nous avions traversé la France de nuit sous un clair de lune surprenant. Le Morvan, le château de La Rochepot, nous étaient apparus familiers et surnaturels à la fois, sous cette lumière inaccoutumée, comme on imagine que doivent être les paysages de lune.

Au retour, nous avons roulé vingt heures de suite (coupées seulement par un dîner à Nantua où nous avons mangé une sauce du même nom) et fait une moyenne de trente à l'heure. Partis à 14 h 30 de Val d'Isère, nous sommes arrivés à Paris le lendemain à 10 h 30 – brouillard et verglas conjugués –, rompus mais satisfaits.

De petites oasis de ce genre sont indispensables. Dans ces quatre journées, nous avons mis un monde de sensations et de joies, qui n'auraient pas tenu dans le même temps passé à Paris.

Pour nous sentir heureux, pour mesurer notre bonheur, nous avions pris un zéro expérimental : en l'occurrence la Buick de Michael[1].

---

1. Michael Pringle, mari de Flora Groult.

Michael a une Buick, mais c'est pour aller travailler à la Barclay's Bank qu'il s'en sert, à des heures draconiennes.

En nous réveillant à 9 heures, nous jetions du fond de notre lit un coup d'œil aux pics que commençait à illuminer le soleil et l'un disait à l'autre :

— Où est la Buick de Michael ?

— Devant la banque Barclay rue du Quatre-Septembre, répondait l'autre avec un large sourire.

Et à 2 heures, quand nous mangions une tablette de Toblerone en plein soleil au sommet du Solaise :

— Où est la Buick de Michael ?

— En route pour la banque Barclay, rue du Quatre-Septembre.

Et cette seule évocation du carrefour de l'Opéra avec le 52, le 49, le 84, le 66 et tutti frutti se croisant avec fracas dans une haleine de pot d'échappement rendait la neige plus blanche et le ciel plus bleu. La possession d'une Buick nous semblait là-haut la plus dérisoire des richesses.

Jeudi 20 décembre
Paul

Nous avons retrouvé un Paris dans les bonnes traditions du genre : bruine tenace et noirâtre, trottoirs glaireux, odeurs fétides, et ces microbes si nombreux qu'ils semblent crisser sous les dents.

Blandine et Lison sont revenues de Toulouse et l'appartement, d'un seul coup, se recroqueville, redevient minuscule, peuplé de bruits de catastrophes et de grands rires.

Le temps est venu de penser sérieusement que nous sommes mariés, que nous aurons à harmoniser quatre existences ou davantage.

Entre un homme et une femme qui ont des passés très divers (et en tout cas pas communs), des enfants qui ont un père qui n'est pas le mari de leur mère, sans parler d'enfants éventuels qui jouiront d'un statut différent des premiers, le problème se pose de trouver une commune mesure. Ou plutôt, « la vie » se chargera de poser le problème.

On peut bien soupirer : ce serait si simple !...

Les conventions, les idées fausses, les complications artificielles trouvent mille fissures pour pénétrer dans une forteresse qu'on pensait à l'épreuve de tous les assauts.

L'ordre social ne se laisse pas refuser sans combattre et « les autres » interviennent trop facilement dans une vie personnelle, aussi bien construite soit-elle.

Le problème du couple est insoluble.

Le problème de l'éducation des enfants est terrifiant.

Le problème des enfants par rapport au divorce est dramatique.

Et l'optimisme (ou l'inconscience) étant la force principale des individus des deux sexes, nous partons, Benoîte et moi, voir *Le Fleuve*, de Jean Renoir, d'un pied léger, d'un cœur à l'aise.

Même jour, plus tard

Achevé la relecture de *L'Homme révolté*, de Camus. Je n'ai jamais été touché par un livre autant que par celui-là. C'est que jamais non plus, la révolte de l'homme, depuis Caïn, n'a été analysée avec plus de pénétration, d'intelligence souveraine et lumineuse, de lucidité, de courage et surtout de générosité. C'est en même temps que la démonstration d'un virtuose, l'acte de foi d'un homme parvenu au « midi de sa pensée », un homme qui aime ses semblables d'un amour sans démesure.

Voici sa conclusion :

« À cette heure où chacun d'entre nous doit tendre l'arc pour refaire ses preuves, conquérir dans et contre l'histoire, ce qu'il possède déjà, la maigre moisson de ses champs, le bref amour de cette terre, à l'heure où naît enfin un homme, il faut laisser l'époque et ses fureurs adolescentes. L'arc se tord, le bois crie. Au sommet de la plus haute tension va jaillir l'élan d'une droite flèche, du trait le plus dur et le plus libre. »

J'admire. J'admire sans pouvoir me laisser convaincre par cet acte de foi.

D'Épicure à l'État marxiste en passant par Nietzsche, la route est connue, balisée. On sait où l'on est allé. Je pense qu'on peut aussi prévoir où va le monde et ce n'est pas vers le but généreux que lui assigne Albert Camus. Son raisonnement philosophique est rigoureux, implacable en apparence, et de toutes mes forces, je souhaite qu'il ait raison.

Cette longue histoire de la révolte de l'homme, cette somme d'échecs et d'expériences devraient, en bonne logique, servir à quelque chose et les hommes devraient comprendre « qu'une limite dans le soleil les arrête tous ».

Et pourtant plus qu'une victoire de la raison, je crois aux rêveries du Huxley du *Meilleur des Mondes*.

Les chirurgiens du cerveau ont localisé très précisément la révolte. Ce n'est plus une irréalité philosophique ou métaphysique, mais une circonvolution parfaitement connue. Il suffit d'une opération minime pour faire, aujourd'hui, de Sade ou de Hegel, des êtres doux comme des agneaux.

Et pour exprimer sa révolte, chacun pouvait hier encore forger une lance ou même confectionner dans son arrière-cuisine une bombe efficace.

Quelle sera l'expression de la révolte aux temps de la bombe atomique ?

Quelle assemblée de révoltés trouvera les moyens matériels de proclamer sa révolte ?

Camus est un philosophe. Les philosophes répugnent à discuter de faits simples, brutaux, incontestables.

L'évolution économique du monde nous entraîne vers le césarisme. Il n'est pas un esprit loyal qui n'admette que la démocratie est une forme de gouvernement périmée.

L'ouvrier évolué de la Régie Renault en sait moins sur les vrais problèmes qui se posent à sa nation, que n'en savait le serf du Moyen Âge.

Les limites de la justice formelle et de la liberté individuelle se resserrent chaque jour, partout, pour tous.

Dans la société de demain, l'Homme révolté ne pourra se concevoir que comme un martyr à tirage limité.

22 décembre 1951
Benoîte

Journée fatale où on dépense en deux jours le salaire d'un mois. On ne se réveille de cette folie que le 2 janvier, complètement ruiné mais en possession d'une masse d'objets qu'on ne se serait jamais achetés !

Mercredi 26 décembre
Paul

Affreuse découverte : Blandine et Lison sont affligées de petites caries identiques sur les mêmes molaires.

Benoîte, qui ne se décide à aller chez le dentiste que lorsqu'elle se sent au bord de l'abcès purulent, entreprend de se convaincre de la nécessité d'une intervention immédiate :

« C'est trop absurde d'attendre… les dégâts sont irréparables… quelques minutes désagréables et on est tranquille pour des années… etc. »

Elle a cent fois raison. Mais il est remarquable de constater à quel point la douleur est supportable lorsqu'il s'agit des autres. Et comme la logique est aisée.

Bref, c'est décidé. Blandine et Lison iront chez le dentiste. Pas plus tard que demain !

Armée d'un annuaire téléphonique, Benoîte s'efforce de découvrir le chirurgien idéal. Et ici, entre en jeu le fameux « instinct féminin ».

Il est bien évident qu'un dentiste ne peut être à la hauteur de sa tâche s'il se nomme Poupard ou

Courtecuisse. On recherche donc les noms dont la consonance est rassurante et flatteuse.

Benoîte qui, dans la vie courante, pourfend les xénophobes avec une violence généreuse, se hérisse à la seule pensée que les molaires de ses filles puissent être laissées à la discrétion d'un ...sky ou d'un ...mniess. D'affolantes images se présentent à l'esprit : Blandine transformée en steak tartare. Lison aux mains d'un sadique oriental...

Tous les noms d'allure exotique sont rayés de la liste.

Restent des hommes de l'art qui habitent très loin mais qui, euphoniquement, présentent toutes les garanties souhaitables. La particule est conseillée.

À ce stade commence la seconde élimination.

Même au téléphone, l'intonation peut fournir de précieuses indications sur une personnalité. Toujours l'instinct féminin.

Certes il est impossible de refuser un rendez-vous lorsqu'on l'a sollicité, même si le ton de la voix révèle une brutalité sournoise ou une indécision mal dissimulée. Benoîte accepte donc tous les rendez-vous. Un bon nombre de cabinets dentaires du 16e arrondissement attendront demain une cliente qui ne viendra jamais.

Enfin, l'oiseau rare est trouvé : une voix chaude et virile qui sort à n'en pas douter d'un torse puissant, moulé dans la blouse blanche. Un docteur du type *Reader's Digest* revu et corrigé par Frank Slaughter[1], qui joint à un diagnostic infaillible des mains d'archange et une connaissance achevée de la psychologie enfantine.

---

1. Médecin et romancier très populaire dans les années 50.

Au prix actuel des communications téléphoniques, le dentiste ne touchera qu'une faible part du capital engagé dans l'opération.

27 décembre 1951
Benoîte

Comme il est difficile de se mettre d'accord avec ses principes. J'en veux aux racistes américains et je répugne à envoyer mes filles se faire soigner les dents chez Mlle Bouromachian parce qu'au téléphone elle m'a répondu : « Ji va voir si ji rendez-vous lib à dix heures imi. » Je me trouve évidemment de bonnes raisons pour justifier ma conduite : je me dis que c'est une Arménienne fraîchement émancipée, qui a appris la dentisterie au harem et qui est pleine des complexes et des sorcelleries de vingt générations d'aïeules enfermées. Mais au fond, la vérité, c'est aussi que j'aime mieux faire gagner de l'argent au docteur Durand qu'à la doctoresse Bouromachian. Les immondes formules : « Qu'est-ce qu'ils viennent faire ici, manger not' pain » et « La France aux Français », tiennent aux tripes, malgré les beaux raisonnements. Et j'ai pris l'autobus pour aller chez un dentiste éloigné mais « bien de chez nous ».

De même hier, autre déchirement mais qui s'est terminé celui-là par une victoire sur la Tradition et l'Habitude : Blandine a donné à son amie Betty une jolie poupée qu'elle vient de recevoir pour Noël. Avec chaussons amoureusement bricolés par la vieille bonne de tante Jeanne, chemise de nuit brodée à ses initiales, etc.

J'ai à grand-peine réprimé mon humeur et mon envie de reprocher à Blandine sa générosité et son désintéressement. De là à lui inculquer l'idée qu'on ne donne que ses vieilles affaires abîmées, et que pour les enfants pauvres tout est toujours assez bon – « ils seront déjà bien contents d'avoir ça ! » – il n'y a qu'un pas.

Et Blandine pourrait alors dire, comme Flora autrefois à sa grand-mère : « Achète-moi de la laine pour tricoter. Une vilaine couleur, c'est pour les pauvres. »

Je viens de lire le plus bouleversant chapitre que j'aie jamais lu : l'avant-dernier des *Grands Courants de la biologie* par Rostand qui est décidément mon homme de chevet.

Intitulé « Le progrès par l'arriération », il apporte une explication, une hypothèse, au détachement du rameau Homme de la branche des Singes.

Pour le… « profane éclairé » que je suis, cette explication est une découverte. Cette échappée sur le processus par lequel, de la souche poilue et à enfance courte des singes, s'est détachée une souche nouvelle, à peau nue et à enfance longue (qui devait, pour ces deux raisons qui semblent a priori deux infériorités, prendre l'importance que l'on sait…), me remplit d'une véritable émotion. Je trouve ces pages plus passionnantes, plus échevelées, plus miraculeuses que tous les romans d'aventure. Les batailles, les explorations, les tours de force et toutes les philosophies ne sont rien en face de cette évasion de la race humaine hors de l'espèce des singes, et des géniales découvertes dont l'échafaudage a permis de trouver une solution plausible à ce problème entre tous insoluble.

Une modification minime, un léger retard du développement du corps et voilà le coup de pouce qui déclenche l'extraordinaire aventure ; l'arriération structurale du nouveau produit – le retard dans la pousse des dents, dans l'occlusion des sutures crâniennes, dans l'apparition de la maturité sexuelle –, la prolongation de la période infantile dans des proportions inconnues dans toutes les autres espèces animales : et voilà l'homme. Vingt ans d'enfance, d'indécision, de malléabilité, vingt ans pour apprendre avant de vivre, il n'en faut pas plus pour faire d'un singe un homme.

« L'homme, écrit Lucien Cuénot, peut être regardé comme un fœtus de gorille dont l'allure de développement et de croissance est très ralentie, qui garde toute sa vie ses caractères infantiles et parvient tardivement à la maturité sexuelle. »

En effet, nombre de traits propres à notre espèce, dit Rostand, et dont certains sont liés essentiellement à ce qu'on est convenu d'appeler notre « supériorité » se retrouvent dans le fœtus du grand singe, alors qu'ils font défaut chez l'animal adulte.

Je passe toutes les preuves, tous les indices et pourtant ce n'est pas le moins beau.

C'est donc l'enfance qui distingue l'homme des animaux. Tout le progrès vient de l'hésitation, du doute, de la non-spécialisation, de l'amateurisme.

La biologie et l'embryologie finissent par rejoindre l'intuition des philosophes. Une explication cohérente de l'humanité commence à se faire jour. Mais pitié ne mêlons plus Dieu à tout cela.

À ce propos, Mauriac vient d'écrire une réponse à Cocteau au sujet de Bacchus, d'une langue admirable et d'une pensée immonde.

Un chantage en particulier me dégoûte chez les catholiques : le chantage à la mort. Ce texte de Mauriac est pourtant beau : « Si vieux que tu vives (il s'adresse à Cocteau), le jour est proche où les vrais anges t'entoureront de nouveau... parce que la corde où tu avances en dansant depuis des années se perdra dans les ténèbres de l'agonie... [...] à l'heure du *Christus venit*, au chant du coq [...] le coq chantera, et contre le cœur de son Seigneur, Arlequin pleurera amèrement. »

De quel droit ce pronostic qu'il utilise comme un atout dans son propre jeu ? On n'a pas le droit d'insinuer que Cocteau aura ou que Gide a eu, ne fût-ce qu'une seconde, un élan vers Dieu à l'instant de la mort. Et l'aurait-il eu, je ne comprendrai jamais qu'un croyant puisse en faire état. Une conversion arrachée in extremis, quand le mourant n'a plus rien à perdre et tout à gagner à croire au « ciel », quand il est manifestement en état d'infériorité physique et mentale, ne devrait pas servir à l'édification des autres. La morale qui en ressort à mon sens, c'est : « Voilà, messieurs, ce qu'il peut vous arriver de faire si vous êtes très diminués par la maladie. » Mais on doit retenir d'un homme ce qu'il a dit et fait à la fleur de l'âge, et non ce qu'il dit et fait quand il est au bord de la putréfaction finale et qu'il raisonne en véreux et non en homme.

Samedi 29 décembre
Paul

Je viens de rencontrer au détour d'une page le nom de Kléber Haedens[1]. Et je ne sais pourquoi, j'ai envie de me souvenir des quelques soirées que nous avons passées ensemble.

Match balbutiait un numéro zéro mille fois recommencé. Dans un univers absurde animé par l'agitation maniaque de Jean Prouvost et peuplé de marionnettes gesticulantes, Kléber Haedens apparaissait parfois au moment précis, exact, où l'on n'avait pas besoin de lui. Il jetait sur notre troupe un regard parfaitement incompréhensif. Dans tous les bistrots qui jalonnent la route de son domicile au journal, il avait puisé la force tranquille d'affronter pour quelques minutes la fièvre stérile de cette marmite de sorcières.

Et nous nous retrouvions peu après, comme par miracle, au bar de l'American Legion, le seul endroit de Paris où le whisky n'est pas vendu au prix de l'eau lourde.

Entre de longs silences, se plaçaient comme elles pouvaient quelques phrases murmurées plutôt que dites. Nous parlions de poésie comme des collégiens en rupture de ban, sans pudeur, avec amour. Kléber Haedens se souvenait tout haut de son ami Brasillach, fusillé à la place de « la chienne de Buchenwald ». Et son incroyable visage de brique mécanique s'animait un court instant.

---

1. Critique littéraire et romancier, auteur, entre autres, de *Poésie française : une anthologie*.

Rien ne nous semblait plus important que l'avenir de Giraudoux. Ce pauvre Giraudoux que les plus beaux fleurons de la « jeune » critique enterrent si volontiers sous trois pieds d'épithètes éculées, dont « mousseux comme du champagne » est la plus originale.

Les heures et le whisky coulaient. Les emmerdements, la sottise et la méchanceté semblaient rayés de la carte du monde, alors qu'ils nous attendaient tranquillement de l'autre côté de la porte.

Je n'ai pas vu Kléber Haedens depuis longtemps mais lorsque nous nous rencontrerons, il me semble qu'il me suffira de reprendre sur un bout de phrase, sur un mot, la conversation jadis commencée.

Un peu plus tard

Le journal de la partie adverse m'est tombé sous la main par un hasard soigneusement prémédité.

Benoîte est en pleine crise de matérialisme victorieux. Son besoin impératif, violent et obstiné de mettre Dieu en pièces commence à m'inquiéter. La chimie et la biologie, qui sont les deux mamelles de sa vie intérieure, la transportent d'une allégresse démesurée.

Mais contrairement à ce qu'elle croit, son attitude n'est pas totalement objective. Elle ne se contente pas d'enregistrer des faits, mais recherche une démonstration. Elle cite avec admiration la phrase de Rostand : « Où donc est le profit de choisir ? S'agissant du problème de l'évolution, comme de tant d'autres, la plus sage attitude et la plus loyale est, me semble-t-il, de réserver la place d'un inconnu qu'on s'abstiendra de baptiser. »

Il se trouve que Benoîte a déjà baptisé cet inconnu : absence de Dieu.

Ne pas laisser à Dieu une seule chance d'exister me paraît aussi naïf que de vouloir prouver son existence à grand renfort de syllogismes.

L'athéisme militant est antipathique, ennuyeux et souvent ridicule.

Et je n'aime pas beaucoup cette manière que prend Benoîte de se colleter personnellement avec un bon Dieu qu'elle réduit à sa plus simple expression.

« À nous deux, le vieux barbu… »

Ce serait trop facile !

30 décembre 51
Benoîte

Je viens de lire le journal de Paul pour y trouver sa réaction à l'égard de ma tirade sur les origines de l'homme. Évidemment cet être sentimental et respectueux du mystère (particularités non exclusivement féminines) préfère en cas de doute appeler l'inconnu Dieu plutôt qu'absence de Dieu. Et moi, en cas de doute, je trouve plus courageux, plus digne, plus fécond, plus enrichissant pour l'humanité (ce qui est l'argument le plus valable) de rester entre hommes, de ne s'en remettre à personne qu'à soi-même du soin d'expliquer le monde, et la manière d'en jouir. À nous deux, le vieux barbu ! Eh bien oui, c'est mon attitude.

Et si mon athéisme est militant, c'est par amour des autres hommes, c'est pour leur faire partager une opinion qui m'apporte tant d'avantages à vivre. Paul se vante de laisser chacun libre de son opinion et de garder sa vérité pour lui. Ce n'est pas par respect des autres, c'est par indifférence.

« Ne pas laisser à Dieu une seule chance d'exister », comme dit Paul, loin de me paraître naïf me semble être le but à poursuivre pour tous les hommes. C'est en expliquant le tonnerre et la souffrance par Dieu qu'on s'est abstenu de les étudier ou d'y porter remède. Tuer Dieu, c'est ne se résigner à rien, c'est dire merde à la fatalité baptisée volonté Divine, c'est mettre tous ses œufs dans le même panier et appliquer tous ses efforts à vivre heureux ici et tout de suite.

Et ça n'est pas si facile que ça. En tout cas, pas plus facile que la foi.

Et la preuve en est que dans l'histoire de l'évolution d'un individu, c'est quand il est dans la force de l'âge qu'il nie Dieu et quand il a peur ou mal qu'il s'y raccroche. Que répondre à cela, Paul Guimard ? « Les fantômes, c'est si poétique », ou : « Le Mage Venivedivici, qui a fait sa médecine, m'a dit qu'il avait photographié à l'infrarouge un esprit et même qu'il avait brûlé le bras d'une dame », ou encore : « Je ne peux pas te préciser ma conception de l'Au-delà, mais je sens avec certitude que quelque chose existe de "l'autre côté" ou que j'y retrouverai X ou Y. » Ces êtres-là sont adorables.

Je me demande jusqu'à quel point les hommes ne se mettent pas couturiers pour emprisonner les femmes dans la mode et les forcer à rester féminines selon leur conception du mot.

Il est remarquable que ce ne soit jamais les couturiers qui simplifient la mode *(si Poiret[1] !)*[2] et allègent la femme. Les créations les plus extravagantes et les modes les plus encombrantes sont lancées par les Dior et compagnie.

Avec le pourcentage de femmes qui sont fières d'être « de vraies femmes », c'est-à-dire des moitiés d'être humain, et la majorité d'hommes qui ont tout avantage à nous voir rester « de vraies femmes », sortirons-nous jamais de l'ornière millénaire où nous végétons ?

Je m'empresse de signaler que Paul n'est pas de cette majorité dont je parlais. Non qu'il se batte pour l'émancipation de la suffragette – voyons, il a trop le respect d'autrui pour le sortir de la fange sans y avoir été expressément convié –, mais il regarde et laisse venir, ce qui est très courageux d'ailleurs car les hommes ont beaucoup à perdre à notre aventure !

Mercredi 2 janvier
Paul

Benoîte, qui est dans l'intimité la femme la plus fraternelle du monde, semble ne pas pouvoir s'empêcher, lorsque nous nous trouvons « dans le monde », de se montrer stupidement agressive.

Au réveillon, chez des amis, j'ai commis la faute inexpiable de dire à Jacques Lassaigne[3] qui m'avait

1. Paul Poiret, oncle de Benoîte et frère de Nicole Groult.
2. Ajout à la main de Benoîte Groult.
3. Directeur des programmes de la radio nationale.

jadis chargé du reportage : « … lorsque je suis allé chercher le sultan du Maroc à Marseille… »

Il est bien évident que je n'avais pas l'intention de faire croire que j'allais accueillir le cher homme au nom de la nation française. Le contexte indiquait assez que je faisais mon très humble métier de journaliste. Au surplus, les amis qui participaient à la conversation savaient parfaitement à quoi s'en tenir.

Mais pour Benoîte, l'occasion était trop belle de me taxer de prétention et de snobisme.

« … chercher le sultan !!! Il était le quarante-neuvième des cinquante journalistes chargés d'écrire : "le sultan est arrivé à Marseille"… C'est à mourir de rire… chercher le sultan… »

J'exècre cette manière qu'ont beaucoup de femmes – et Benoîte plus que d'autres – de montrer avec fracas, à des gens qui s'en moquent, à quel point elles sont affranchies de la tutelle de leur seigneur et maître.

Il semble que plus une femme est attachée à son mari par l'amour ou tout autre lien, plus elle a besoin de prouver son indépendance en affectant de mépriser publiquement « son » homme.

Les plaisanteries, que ces dames goûtent entre toutes, portent généralement sur la virilité : je suppose qu'il s'agit du défoulement de quelques siècles d'asservissement dont les hommes d'aujourd'hui ne sont tout de même pas responsables.

« Le mien, quand ça lui arrive une fois par mois… et encore cinq minutes… »

Et de glousser.

Le naïf mâle contre l'éternel féminin.

Benoîte n'en est pas encore là, retenue heureusement par un dégoût instinctif de la vulgarité.

Mais la pente est glissante.

Et le fossé est au bout.

De pareils incidents me donnent la sensation que la vie conjugale est un ragoût fermenté dont les aigreurs n'attendent qu'une occasion pour crever en surface comme les bulles du gaz des marais.

Il faut un meilleur estomac que le mien pour supporter ce ragoût-là.

4 janvier 1951
Benoîte

L'année a commencé sous le signe du balai et du torchon. Du 31 décembre à 14 heures au 3 janvier, il a fallu que je cumule les fonctions de nurse, cuisinière, femme de ménage, laveuse, journaliste, sans oublier l'épouse et par surcroît l'infirmière car le réveillon chez les Reyre[1] était à peine dévoré que Paul restituait dans l'ordre inverse de leur déglutition les merveilleux plats que nous venions de cuisiner ensemble : homard Thermidor, poulet au raisin, caviar et autres friandises. Comme chaque fois qu'il est malade, c'est toujours « à mourir ». Il frissonne du froid de l'enfer et il brûle pire, il est abattu et excité à la fois, il a la tête grosse comme une bombe H mais il arrive à lire deux *Fantômas* dans la journée

1. Jean Reyre, P-DG de la Banque de Paris et des Pays-Bas, a épousé Evelyne, sœur de Marie-Claire Duhamel.

(par bonheur, il vient de finir le trente et unième et Allain et Souvestre n'en ont pas commis davantage).

Ne pouvant cumuler toutes ces fonctions que j'ai dites plus haut, c'est celle d'épouse, bien entendu, qui en a pâti. J'ai arboré pendant quatre jours un visage de muette réprobation... enfin généralement muette. En effet, puisque j'ai choisi de travailler pour échapper aux tâches ménagères, choix qui a ses mauvais côtés, j'admets difficilement de me trouver tout à coup obligée d'endosser tous les tracas de la maison et du bureau réunis ! D'autant plus que, comme tous ses congénères, Paul estime avoir été au bout de la complaisance quand il a essuyé la vaisselle.

À propos de ce que Paul écrivait le 2 janvier sur mon « agressivité dans le monde », curieux de noter comme tout le monde déforme les incidents, même lui qui est relativement objectif.

Il y a un fait : il m'est très désagréable d'entendre Paul se vanter de quelque chose ; admettons qu'il le fasse avec ironie, mais les gens qui l'écoutent ne la perçoivent pas toujours, j'en suis sûre. Il m'est très désagréable de sentir que les autres peuvent le prendre pour un jobard.

Et si je suis agressive dans le monde et non dans l'intimité, c'est justement parce que dans l'intimité jamais il ne parle de ces choses sur ce ton d'insouciance affectée – « Robert Buron[1] me disait l'autre jour... » C'est vrai sans doute que Robert Buron lui disait l'autre jour, mais l'insouciance avec laquelle il laisse tomber ce genre de phrases dans la

1. Député et ministre.

conversation frôle l'affectation et laisse penser que Robert – pourquoi pas Bobby Buron – n'a rien à lui refuser, ce qui n'est tout de même pas le cas.

Loin que ce soit l'agressivité ; c'est la solidarité qui me fait intervenir. Et Dieu sait que ce n'est pas pour prouver mon affranchissement de la tutelle du seigneur et maître que je suis intervenue, car j'ai perdu tout complexe de ce côté, et vis-à-vis de ces amis-là en tout cas, qui connaissent ma vie.

Voilà. J'ai fait crever ma bulle à la surface du marais putride de la vie conjugale.

Je souhaite à Paul de se pencher sur mon journal avec avidité, de respirer cette bulle que je lui claque au nez, et d'en être empoisonné.

Jeudi 10 janvier
Paul

Mea culpa, maxima culpa. J'avais sur l'aventure de Maurice Herzog un certain nombre d'idées bien précises, nettes et définitives.

Je me méfie de l'héroïsme comme de la peste. L'héroïsme implique un mépris de sa propre vie qui se transforme en mépris de la vie des autres en moins de temps qu'il n'en faut pour faire un bon soldat. Il m'était désagréable qu'on fasse des héros nationaux de ces amateurs d'escalade dont l'exploit est du même ordre que celui du voltigeur qui risque sa vie quotidiennement dans les cintres du Cirque d'Hiver. Entre un premier huit mille et le triple saut périlleux, je vois mal la différence. Clarens s'est tué. Herzog n'est vivant que par miracle. L'un et l'autre avaient choisi leurs risques.

Or je viens de lire le livre de Maurice Herzog :

« Au temps de l'agonie, il m'a semblé découvrir le sens profond de l'existence, qui jusque-là m'avait échappé. J'ai vu qu'il était plus digne d'être fort, les souvenirs de cette épreuve sont marqués dans ma chair. Sauvé, j'ai compris une liberté, une liberté dont désormais je garde le sens aigu. Elle provoque en moi cet état frais et serein d'un homme qui s'est accompli. Elle m'emplit de la joie immense d'aimer ce que je méprisais. Une vie nouvelle et très belle commence pour moi. Ce récit est plus que la relation d'une aventure, c'est un témoignage. Ce qui n'a pas de sens a parfois une signification. C'est la seule justification d'un acte gratuit. »

« L'Annapurna, pour chacun de nous, est un idéal accompli : dans notre jeunesse, nous n'étions pas égarés dans des récits imaginaires ou dans les sanglants combats que les guerres modernes offrent en pâture à l'imagination des enfants. La montagne a été pour nous une arène naturelle où, jouant aux frontières de la vie et de la mort, nous avons trouvé notre liberté qu'obscurément nous recherchions et dont nous avions besoin comme de pain.

« La montagne nous a dispensé ses beautés que nous admirons comme des enfants naïfs et que nous respectons comme un moine l'idée divine.

« L'Annapurna, vers laquelle nous serions tous allés sans un sou vaillant, est un trésor sur lequel nous vivrons. Avec cette réalisation, c'est une page qui tourne... C'est une nouvelle vie qui commence.

« Il y a d'autres Annapurna dans la vie des hommes. »

Tel est le ton général, et j'avoue qu'il m'a beaucoup touché. L'héroïsme en est soigneusement exclu. Il faut souhaiter que ce livre tombe sous la main des lycéens en mal de grandeur et leur fasse oublier les incongruités d'Henry de Bournazel[1]. Il m'a fait regretter de n'avoir pas cherché l'amitié de ce grand garçon calme que je voyais dans mon petit hôtel de la rue Bayard poursuivre sa chimère et qui allait payer de ses pieds et de ses mains sa liberté intérieure.

Bref, ne nous attendrissons pas.

Ce renversement d'opinion comporte une leçon (mille excuses pour la pompe).

Je n'avais pas lu le livre d'Herzog ; ce qui ne m'empêchait pas d'en parler avec assurance. Comme tout le monde.

Car il faut à tout prix, dans cette époque absurde, avoir l'air renseigné. C'est un fait bien connu que personne ne lit plus. On se demande même de quoi vivent les innombrables éditeurs ou prétendus tels qui fourmillent dans Paris. Jamais on n'a autant publié, jamais on n'a moins lu. Pourtant il est indispensable d'être « au courant ». Ici intervient la littérature « digérée » que des officines spécialisées distribuent à profusion et qui vous proposent tout Victor Hugo en cent lignes. Il suffit d'ajouter à cela les critiques rédigées souvent par des ilotes qui n'ont même pas l'excuse d'être ivres, et le tour est joué.

---

1. Militaire héroïque qui a inspiré Maurice Leblanc dans *Arsène Lupin*.

En absorbant un maximum de cinquante lignes par jour chacun peut discourir avec brio. D'une œuvre ou d'un événement, il suffit aujourd'hui de connaître les grandes lignes et « le » détail. Tout le reste est poussière.

Le journal *Opéra* qui a le mérite de la franchise titre, avec sang-froid, sa critique littéraire : « Le livre dont vous pourrez parler » !

À quoi bon lire l'ouvrage en question, je vous le demande. On prépare, à l'aide de cette méthode, une génération d'imbéciles satisfaits dont l'Amérique commence à nous offrir le spectacle affligeant.

NB : La crise politique évolue de façon pleinement satisfaisante. La question se pose : Gouvernement Bidault avec Queuille et Pleven ? Gouvernement Queuille avec Bidault et Pleven ? Re-gouvernement Pleven avec Queuille et Bidault ?

À la stupéfaction générale, Édouard Herriot a été réélu président de l'Assemblée.

La IVe République radote. À son âge, c'est grave.

11 janvier
Benoîte

Paul vient d'avoir la grippe – ce n'est pas un point de repère dans l'année d'ailleurs, car il a la grippe une fois par mois. Son inaction forcée m'a incitée à lui acheter *Annapurna premier 8 000*, bien que nous nous méfiions tous les deux de l'héroïsme et des leçons d'idéal. Eh bien, ce livre m'a passionnée et j'ai presque honte de ce que j'ai écrit sur Herzog il y a quelques semaines.

L'aventure est vraiment extraordinaire à suivre au jour le jour et les rares passages où Herzog explique pourquoi il a voulu monter à huit mille mètres et quelle sorte de joie il a éprouvée au sommet sont d'une telle sobriété, d'une telle justesse, que j'en viens presque à le comprendre et à m'enthousiasmer pour cette expédition.

Je me sens très humble devant ce livre.

Et il me reste une fois de plus cette pénible certitude que nous vivons une vie de fous et d'anormaux dans les villes. Nos corps ne sont plus bons à rien qu'à s'asseoir et à monter des escaliers. Cette façon de mourir prématurément, de ne pas se servir de toutes ses ressources me désole. Je sens que je perds toute une gamme de joies que rien ne remplace.

À quoi sert à Paris d'avoir des doigts, des orteils, des muscles ? Je me détruis à petit feu à ne pas respirer, à ne pas me fatiguer physiquement.

À trente ans, je ne saurais même plus me hisser par les bras sur un trapèze. Je ne fais rien de plus avec mon corps que si j'avais soixante-dix ans. Et on ose parler de vie harmonieuse ! Je suis un cadavre qui prend l'autobus.

C'est sans doute par une nostalgie du sport et de l'effort physique que le seul travail ménager qui trouve grâce à mes yeux soit l'encaustiquage d'un appartement. Mais les poumons crient bientôt grâce, confits dans la poussière des parquets qui pénètre jusque dans la bronchiole la plus secrète.

Mercredi 20 janvier
Paul

Curieux de constater à quel point les poètes ont souvent raison.

Lorsqu'Audiberti écrivait : « Il (le poète) ne calquera pas le monde à même le papier, ni ne le démarquera, ni le photographiera. Il le fera positivement, comme s'il était lui, poète… le créateur. » Audiberti ne pouvait sans doute pas exprimer une vérité mathématique.

Et pourtant, il est démontré amplement aujourd'hui que les qualités que nous attribuons aux choses n'ont aucune réalité, que nous définissons arbitrairement un objet en disant qu'il est carré ou rouge parce que nous vivons dans un univers formé de symboles conventionnels. Les limitations de l'œil humain par exemple, qui n'est sensible qu'à certaines longueurs d'onde, font que le monde nous apparaît comme il n'est pas, puisque nous ne percevons pas plus les rayons X que les ultraviolets, pour ne citer que ceux-là.

Le mot « réellement » n'existe pas dans le langage des physiciens[1].

Les compositions de Picasso ont donc autant de réalité que *La Source* de monsieur Ingres.

Et les poètes auraient bien tort de ne pas avoir la prétention de « créer le monde » puisque chacun le crée à chaque minute en interprétant arbitrairement un certain nombre de phénomènes physiques.

---

1. Note de Paul Guimard : *Einstein et l'Univers* (Gallimard).

Aux fanatiques du réalisme, on peut dédier cette petite phrase de Leibniz :

« Je suis en mesure de prouver que non seulement la couleur, la lumière, la chaleur et les autres choses pareilles mais encore le mouvement, la forme et l'étendue elle-même, sont des qualités purement apparentes[1]. »

On peut être assuré que les « audaces » des littérateurs poètes ou artistes d'avant-garde sont d'une effarante banalité au regard de la moindre équation des mathématiciens d'aujourd'hui qui sont les vrais poètes et les vrais philosophes de cette génération.

Lundi 21 janvier
Benoîte

Nous venons de recevoir une circulaire ronéotypée envoyée par les enfants de Georges et de Ludmilla Pitoëff nous invitant à verser cinq mille francs (ou plus) pour leur permettre de monter une ou deux pièces de <u>leur</u> choix cet hiver.

Quête pour l'œuvre de la Sainte Enfance !

Pourquoi l'étudiant ne demanderait-il pas de l'argent au public pour lui permettre de poursuivre ses chères études, et le savant pour ses expériences de laboratoire ?

Les comédiens se prennent un peu trop pour des prêtres à qui les fidèles doivent assurer le vivre et le couvert pour leur permettre d'officier sans souci matériel.

---

1. *Ibid.*

J'ai eu l'occasion d'ailleurs de connaître Sacha et j'ai une très vive sympathie pour lui. J'aurais eu plaisir à lui rendre service à titre personnel, mais je répugne à verser mon obole pour le denier du culte de Terpsichore. Car le théâtre pour moi est un art comme un autre, et je suis un amateur et non une ouaille.

Il a neigé sur toute la France. À Paris, quelques pauvres flocons se sont suicidés sur le macadam. Cette ville parvient à tout gâter, même la neige.

Jeudi 21 janvier
Paul

Blandine (quatre ans et demi) est allée avec Lison chez leur grand-mère qui leur avait acheté à chacune un jouet.

Vient le moment du partage : les deux paquets sont également séduisants et Blandine entrevoit une solution parfaitement satisfaisante et qui ne heurte pas trop les notions courantes de justice :

« Celui-là, il est à moi, et l'autre, il est à nous deux. »

NB : La crise est « dénouée ».

Nous bénéficions d'un gouvernement Edgar Faure, avec Queuille et Bidault, mais sans Pleven, ce qui constitue une grande originalité.

22 janvier
Benoîte

Je reviens de la CGAFRP (entendez : la Caisse générale d'allocations familiales de la région parisienne).

Les législateurs, les juges et les poètes devraient venir passer une journée dans cet antre avant de légiférer contre l'avortement ou de chanter la douceur d'être mère.

Le 523, qui me précédait (on en était à appeler les numéros 150 et 151 !!), donnait le biberon à un nourrisson de huit ou dix mois, sur un des bancs de bois sans dossier qui constituaient les seuls meubles de cette salle d'attente. À ses pieds, un de ces sacs de ménagère d'où dépassaient des couches de rechange, une boîte à biberon, un burnous, un hochet et autres impédiments qui accompagnent obligatoirement les nourrissons. À demi assis sur le sac, un gros poupard de deux ans à peine explorait le dessous des bancs au bout de son doigt mouillé de salive. À droite et à gauche, deux autres morveux de trois et quatre ans piaillaient, se disputaient, demandaient à faire pipi ou se battaient avec les gosses du 522.

Et dans le ventre du 523, un cinquième enfant se préparait à éclore.

Quant au 523, la figure mâchurée par la maternité, les cheveux pas lavés depuis trois mois, les jambes boursouflées de varices qui pointaient à travers les bas de fil, c'était une espèce de sac à œufs, bien qu'elle n'eût pas trente ans !!

On comprend que l'homme boive pour échapper à cette vision d'enfer : une femme toujours grosse, un enfant toujours en bas âge, grâce à un système de relais machiavélique, et une douzaine de couches séchant à perpétuité à travers la chambre unique.

De l'interdiction de limiter les naissances découle une grande partie des maux de la société ; la misère, la délinquance juvénile, l'abandon de domicile, l'alcoolisme et la floraison des bistrots sont la conséquence de ces foyers surpeuplés où la mère s'épuise en tâches matériellement au-dessus de ses forces et où le père, quand il ne s'est pas enfui pour de bon à l'annonce de la catastrophe qu'est une naissance dans un taudis, s'enfuit à la petite semaine au café ou au stade.

5 février 1952
Benoîte

La fatigue, le dégoût de l'hiver m'ont détournée de mon journal ces temps-ci. J'ai froid. J'ai la peau blême. J'ai les joues creuses, le corps sans courage, et je sens tellement qu'il suffirait que je sois loin de cette ville pour retrouver le plaisir de vivre et de manger. Nous partons le 16 pour le col de Vars.

Pas de caisse de compensation, pas de démarches, pas d'ordonnances médicales à faire tamponner ici ou là. Le seul problème qui se posera sera celui-ci : connaissant la limite de résistance de mes jambes et le pourcentage de la pente à parcourir, suivant quel angle puis-je espérer rejoindre le bas de la piste ? Notre hôtel est à deux mille mètres.

À deux mille mètres au-dessus de la Mairie-de-Montreuil, des Petits-Ménages, des Filles-du-Calvaire, de Charles-Michels et autres lieux que je ne connais que par en dessous.

Goûter d'« anciennes » aujourd'hui. J'étais la seule à exercer un métier et à ne pas porter de chapeau. Que faire dans la vie quand on n'a pas de profession ? Il faut bien justifier sa présence et son foyer : on enfante ; à la va-comme-je-t'épouse. Et on est fière comme si on avait fait autre chose qu'une œuvre de hasard, fruit d'une rencontre impossible à prévoir entre des chromosomes qui ne sont même pas notre bien propre !

Geneviève Le Gall « va sur son quatrième ». Elle aimerait cette fois une fille, car « c'est tout de même plus affectueux qu'un garçon » et puis plus facile à élever. Du moment qu'elle est bien constituée, une fille a son avenir assuré. Puisque l'avenir, c'est l'homme.

Marguerite-Marie de Lancy, après son grand malheur, recommence seulement à prendre le thé chez ses amies. Après la mort de son mari, elle est « restée » avec six enfants à élever.

On s'apitoie sur l'ancienne qui n'est pas mariée.

« Elle ferait pourtant une si bonne petite maîtresse de maison. »

On se donne la recette de la tarte au citron.

« C'est original quand on a un dîner, et puis mon mari aime beaucoup ça. »

On parle un peu des maris... très peu... c'est un sujet moins convenable que les enfants.

Et on se quitte, ayant noté sur son carnet une foule de numéros de téléphone qu'on se gardera bien d'appeler.

À la manière de Renard :

« Une femme entre deux âges, mais plus près du deuxième… et… Le portefeuille de mon mari ? Il sent le renfermé. »

Mardi 5 février
Paul

Après un dîner, l'autre soir, chez des amis, Benoîte s'est jetée sur le Marquis de Sade et ne l'a plus quitté de la soirée, malgré quelques discrets efforts pour la faire participer à la conversation générale.

Elle adore l'érotisme et la pornographie en littérature. Les combinaisons compliquées, imaginées par les maîtres du genre, la remplissent d'une curiosité où n'entre d'ailleurs rien de malsain.

À ce propos, ceux qui se plaignent de la rareté des publications pornographiques sont des naïfs ou des célibataires. La littérature enfantine offre, dans ce domaine, un choix très remarquable. On peut compter sur les doigts les journaux d'enfants susceptibles d'être mis entre les mains des grandes personnes. Les histoires de gangsters et Superman sont bien dépassées. Dans toutes les histoires interviennent à présent des femmes de Mars, de Vénus ou de l'an 2000, qui ressemblent comme des sœurs aux pin-up d'aujourd'hui, quant à l'anatomie, mais qui affectionnent les bikinis en métal irradiant ou toute autre matière radio-activée. Les dessinateurs « pour jeunes » font preuve d'une maîtrise admirable dans l'érotisme sournois. Leurs dames exhibent des seins démesurés qui gonflent leurs capotes futuristes à la limite de l'élasticité du métal, et semblent passer leur vie, les cuisses béantes, dans l'attente d'on ne sait trop quelle verge d'uranium. Elles se font enlever par des monstres gigantesques, hérissés de boutons et de manettes, et ouvrent des bouches pâmées lorsque les Frankenstein de quincaillerie les entraînent dans leur antre.

Les petits maîtres licencieux peuvent toujours s'aligner. Il leur manque ce sadisme hypocrite qui est le fin du fin en matière de pornographie et dont les enfants d'aujourd'hui connaîtront tous les secrets.

8 février
Benoîte

Nous nous entendons trop bien, Paul et moi, pour avoir grand-chose à raconter sur notre vie conjugale, en temps ordinaire. Une scène par trimestre, à peu près. C'est peu pour un journal.

Mais aujourd'hui, enfin, nous sommes « en scène ».

Paul ne s'excuse jamais, n'a jamais un mot de regret quoi qu'il ait fait. Et ombrageux comme un cheval ! Évidemment, je connais les coins sensibles après trois ans de vie commune... Il ne peut pas supporter qu'on se plaigne (on est toujours libre de ne pas faire ce qui vous déplaît, selon lui) – bref il est complètement inhumain et odieux et tout est de sa faute, cela va de soi !

Pour compléter ce tableau, Lison est couverte ce soir « de papules et de macules » qui ressemblent fort à la varicelle, nous ne pourrons partir à Vars samedi prochain ; et je passe mon permis de conduire demain à l'aube.

Pendant ce temps, Paul est au studio et, comme je le connais, il a dû caresser les bras de toutes les secrétaires et être exquisement mielleux et attentionné auprès de cette grande jument de F. qui rôde toujours dans les bars à la recherche d'un homme à se mettre sous la dent… Et comme il n'a pas daigné préciser s'il rentrerait dîner ou non (suprême injure de l'homme marié !), il a dû offrir un osso-buco ou une escalopa milanese à Marie-Claire, chez l'Italien du quartier.

Car Marie-Claire participe à son émission du vendredi, ce qui a dû permettre à Paul de s'apercevoir en toute mauvaise foi qu'elle était de bien meilleure humeur que moi, ce soir, et que passer la soirée avec elle était un délice.

… Le monstre vient de téléphoner. On n'entendait pas en fond sonore de la musique douce et des voix de femmes. Il était effectivement au studio. Mais c'est tout ce qu'on peut dire à sa décharge. Et comme le studio est peuplé de femmes par ses soins !! Il n'a pas dîné, qu'y dit. S'il n'a pas mangé, qu'est-ce qu'il a dû boire entre ses deux émissions !

Environ pour une paire de bas nylon de pastis et de Coca-Cola ! Pendant que moi je prenais racine dans le métro pour aller de la radio à Quatre-Septembre, de Quatre-Septembre à la Porte-Maillot-Versigny et de Maillot à Auteuil. Je sens que, si j'ai mon permis demain, va commencer une lutte sourde entre nous : nous pèserons aigrement nos courses et nos occupations respectives pour savoir qui, qui, qui aura l'auto !

Et qui pèsera le plus lourd ?

De Paul habitué à rouler en voiture, ayant peu d'occupations à heures fixes mais qu'il serait inhumain de jeter dans le métro comme un vulgaire croquant ?

Ou de moi, excédée de couloirs de correspondance, de portillons, de rames et d'autobus de tous calibres, mais qui suis tellement habituée, n'est-ce pas…

J'ai le souffle court, en ce moment. Au sens propre comme au figuré, car j'ai un rhume tonitruant. En temps normal j'aurais bleui trois pages sur la noirceur de Paul.

Je vais me contenter ce soir de relire mon code illustré et quelques pages sur Einstein et la relativité qui me feront, j'espère, trouver Paul tout petit. Ai-je même raison de me fier à mes sens ? Existe-t-il seulement un être du nom de Paul Guimard qui partage ma litière et broute dans la même auge que moi ?

Tout cela n'est que faux-semblant, nous enseignent les savants, et j'aurais bien tort de me torturer le citron pour cet amalgame de molécules qu'Einstein réduirait en équation en moins que rien.

Mardi 12 février
Benoîte

Il n'est pas toujours réconfortant de vivre avec un homme qu'on a vu si bien mentir à une autre femme. Si bien, si longtemps et avec tant de simplicité et de naturel. Elle ne se doutait de rien – moi non plus…

Quelles raisons après tout ai-je d'être plus sûre qu'elle de la sincérité de Paul ?

Les phrases qu'il me dit ?

Mais justement les phrases qu'il lui a dites, à elle, l'ont entretenue dans la complète certitude qu'elle n'ignorait rien de sa vie et de ses pensées !

Bien entendu, il me reste la ressource de me fier à mon intuition, à mon « instinct féminin » qui ne me trompe pas.

Ils l'ont bien trompée, elle…

Mais ce serait trop horrible de découvrir un jour que j'ai vécu sur le mensonge et l'erreur…

Prémonitoire ![1]

Ça n'en serait pas moins arrivé à une autre… à plus d'une autre.

Alors ?

Une seule solution : « À moi, on ne la fait pas. »

C'est modeste, net et sans réplique.

Mais il y a des soirs où l'on pense à toutes les femmes – et il en est d'intelligentes, il paraît, qui attendent un homme en se persuadant à grand renfort de souvenirs d'amour qu'il n'est pas possible

---

1. Ajout à la main de Benoîte Groult.

qu'il soit en train de faire la cour à une autre, et qui se trompent lourdement.

Toutes ces pauvrettes, mes sœurs éventuelles, que je voudrais renier, viennent malheureusement me rappeler de temps à autre que le doute n'est pas toujours un mol oreiller.

À moins que ce ne soit moi qui aie la tête mal faite…

Paul

EN MANIÈRE DE CONCLUSION

Pourtant un jour je songerai à tout cela sans peine
Sans peur et sans chagrin
Je songerai à mon passé sans haine
Je songerai à toi ma chérie sans amour
Calmement comme à l'exercice
À propos, à l'occasion de…
Un soir de solitude
Et très nonchalamment
Tout ce qui fut de l'un pour l'autre
Si grave, si candidement
Défendu comme un bien très rare
Agonisera posément
Comme un pauvre ballon de foire
Sans douleur, insensiblement
À petits coups à grandes phrases
À mille excuses à cent raisons
À grand renfort d'inéluctable
Étonné je ferai de tristes découvertes

Que l'or des champs vaut mieux que l'or de tes cheveux
Qu'un parfum de printemps vaut mieux que ton haleine
Que l'océan d'été est plus beau que tes yeux
Et que rien n'est plus mort que les amours anciennes
Je songerai à toi chérie sans amertume
Un soir de solitude
Et très nonchalamment...

P-S au poème de Paul, je suis brune[1].

Samedi 1er mars
Benoîte

Lison rentre du col de Vars. On lui avait dit que ce serait le printemps à Paris. Alors, elle inspecte les arbres pelés du jardin et nous dit d'un air de reproche : « Alors ! Les feuilles sont pas encore mises ? »

Mercredi 12 mars
Paul

Alors ? Plus d'un mois sans une seule ligne !

Je finirai par croire ce qu'on dit : que les gens heureux n'ont pas d'histoire.

---

1. Ajout à la main de Benoîte Groult.

C'est que nous offrons une image rassurante et conventionnelle du bonheur. Les affaires marchent bien, nous vivons d'amour et de champagne ; sports d'hiver, bons restaurants, pas de scènes, une voiture adorable, la perspective du printemps à portée de la main…

Il n'y a pas de quoi faire un roman et moins encore un journal.

Nous mijotons à petit feu dans un confort douillet et nous commençons à prendre, vis-à-vis des problèmes des autres, le ton des gens « à qui on ne la fait pas », qui ne se compliquent pas l'existence à plaisir, qui ont de la logique et du bon sens.

Dieu sait où tout cela nous mènera.

12 mars
Benoîte

Oui, c'est sans doute vrai, les gens heureux n'ont pas d'histoire, comme le constate Paul, non sans mélancolie.

Nous glissons…

Mais nous sommes encore assez heureux ensemble pour ne pas nous intéresser outre mesure à autre chose qu'à nous-mêmes et à notre vie commune. Le jour viendra où Paul trouvera un bonheur complet à chasser seul dans les bois et moi à jardiner mes cinquante mètres carrés de terre à Valmondois ; où n'importe quel voyage aura pour lui plus d'attraits que quelques jours de plus avec sa femme, déjà parcourue en tous sens… ne nous plaignons pas que ce soit encore la saison des s…

Pour moi, une grave question commence à ne plus pouvoir être éludée : la chance – plus précisément la chance de Paul. Je ne peux pas croire qu'une dame, aveugle ou non, s'occupe des valets ou des neuf qu'il retourne !

Donc, avec une obstination de fourmi, depuis deux ans, je joue à la belote avec lui. Une belote que nous avons élargie et perfectionnée pour notre usage, et qui laisse à la chance une part qui ne devrait pas être primordiale. Cherchant à parvenir aux régions où commence à s'appliquer la loi des grands nombres, je joue et je rejoue, plusieurs fois par semaine, et je perds, inexorablement. Et d'une façon dégradante, insultante. Au mépris des règles les plus élémentaires du calcul des probabilités et de la dignité humaine. Et Paul lui-même bouscule sa chance, la provoque, la pousse dans ses retranchements. Elle le suit partout. Je ne m'étonne plus de rien. Il a besoin de deux valets ? Je lui distribue deux cartes… ce n'est pas une boutade de dire que ce sont deux valets. S'il a besoin d'eux pour gagner, il les aura. Chaque fois qu'il risque une partie douteuse… pour me donner une chance, dit-il, tout s'arrange de telle façon qu'il m'inflige un écrasement total. Bref, tout se passe comme si la chance lui disait : « Prends-moi toute, bats-moi, viole-moi, demande-moi l'impossible, tu ne m'en feras jamais faire assez pour toi. »

Que peut penser devant ces faits, qui, se reproduisant depuis deux ans, commencent à prendre une allure de loi, un esprit tout de raison et de bon sens ?

Je ne veux rien penser avant deux ou trois ans d'infortune encore. Mais je commence à craindre de me trouver devant un dilemme dont les deux termes me répugnent également. Le chagrin de perdre constamment n'est rien en face de cette alternative : ou bien admettre que Dieu existe, que des dieux existent et que l'un d'eux s'amuse à favoriser Paul ; ou admettre un magnétisme, un fluide qui attire certaines cartes aux dépens d'autres... ce qui est si révoltant et absurde que je crois bien préférer perdre jusqu'à la fin de mes jours en feignant de croire à une suite de coïncidences malheureuses.

Je me suis précipitée sur son journal aujourd'hui quand j'ai vu qu'il avait enfin pondu... Oh ! quelques lignes seulement... car depuis des semaines je n'avais plus rien à gober.

Nous avons ainsi tous les deux rouvert notre journal. Et peut-être allons-nous repartir d'une plume alerte, bien qu'aucun drame n'ait éclaté entre nous... Au contraire. En ce moment, je fais mon nettoyage de printemps, mon « spring cleaning ». Je ravive des tas de choses à la soude caustique et j'arrache des champignons et des toiles d'araignées.

C'est effrayant comme la vie a tendance à noyer le poisson. Comme tout paraît solide, tant que ça dure, et fragile dès qu'il y a une cassure ! Comme on s'habitue vite à trouver naturel et dû ce qu'on trouvait miraculeux un an avant. Il faut un effort pour continuer à croire que la présence de l'autre est un miracle bien qu'il dure. Il ne faudrait pas grand-chose d'ailleurs pour nous retrouver tremblants d'incertitude l'un devant l'autre comme il y a un an ou deux. Et je ne veux pas attendre que Paul me trompe pour m'apercevoir que j'étais heureuse « avant ».

C'est pourquoi je ne me paierai pas de sitôt le luxe d'être mélancolique en constatant notre bonheur sans nuages ! Je me souviens du jour de nos débuts où Paul est rentré d'une longue après-midi de travail à Gaumont tout inquiet sur son état mental parce que je lui avais manqué plus qu'il ne lui semblait permis ! S'il y a une chose dont on soit sûr de guérir, c'est bien celle-là.

Samedi 17
Paul

Depuis que Benoîte possède un permis de conduire les véhicules automobiles, je me retrouve dans la position du piéton debout.

Avec une légèreté de division blindée, elle ironisait dans son journal sur l'égoïsme masculin et la certitude qu'elle avait de continuer, pauvre femme écrasée par un servage millénaire, à se déplacer dans un métro puant et des autobus surpeuplés, tandis que moi...

Or il se trouve que le mâle tyrannique songe sérieusement à faire l'emplette d'un vélo d'occasion.

Depuis qu'elle roule carrosse, Benoîte a découvert que le poisson est beaucoup plus frais à Passy, que les filles doivent être conduites en classe en voiture et que les menus achats se font avec plus de profit dans les magasins assez éloignés d'Auteuil pour justifier l'emploi d'une automobile.

Quant à moi, par une sorte de miracle, tous mes déplacements se trouvent coïncider, paraît-il, avec les lignes d'autobus les plus rapides, les plus directes, les plus pittoresques de Paris.

Comble d'infortune, je ne peux m'appuyer, pour reprendre en main la conduite des opérations, sur aucun pare-chocs enfoncé, sur aucune aile arrachée par mégarde… (« J'étais parfaitement dans mon droit et cet imbécile… »)

Tout cela est d'un triste !

Dimanche 18 mars
Benoîte

Encore une présomption de l'existence de Dieu : les dimanches régulièrement pluvieux ; alors qu'en semaine un soleil ironique vient nous taquiner jusqu'au fond des bureaux.

Je tiens à porter à l'actif du Barbu depuis le 25 février, date à laquelle j'ai commencé cette comptabilité, trois dimanches de pluie ininterrompue – dont aujourd'hui – alors que cette semaine, par exemple, il a fait beau de lundi à samedi soir compris. Très beau. Le samedi, quelques nuages se sont annoncés… première averse vers 20 heures. Pluie toute la nuit pour rendre les jardins inutilisables. Et aujourd'hui, il bruine comme en novembre. L'ONM vient d'annoncer que l'amélioration débuterait dès demain après-midi. Et on croit encore que Dieu aime les pauvres !

Vendredi 21 mars
Benoîte

Gare... C'est demain samedi. J'attends Dieu au pied du mur. Mais l'ONM a déjà démasqué ses batteries et annonce un week-end pluvieux et gris.

Je note, pour mémoire, que ce sera le quatrième.

Je vis dans l'ivresse depuis que je conduis la 4 CV. Travailler n'est plus une corvée, la clé de ma voiture est pour moi le signe de la richesse et de la liberté. Je me sens femme de luxe, fille entretenue et je fais claquer très fort la portière quand je reviens de chercher le pain, avec la voiture, luxe suprême, et que passent « la dame du dessus » ou « la dame d'en dessous » ployant sous le poids des filets.

Paul

AUX QUATRE VENTS

Si je t'emporte un jour assez loin mon amie
Du côté de Marie-Galante
Si nous nous embarquons toute affaire cessante
Du côté de notre Absurdie
Si tu veux ma sereine et raisonnable amante
Croire un jour à mes songeries
Nous partirons au Capricorne
Un nuage en perruque grise
Coiffe aujourd'hui mon horizon
Un peu plus bas que moi se brise

Une valse à l'accordéon
Inventée par un mendiant triste
Le ciel a l'air d'une prison
Tous les moineaux sont pessimistes
À l'ouest rien de nouveau
À l'est rien de possible
Au nord au sud au zénith au verseau
Rien de possible rien de nouveau
Tout cela est risible
À pleurer.
Sous les ciels blancs des Amériques
Aux rendez-vous aventureux
De nos deux espoirs chimériques
Aux rivages des corps heureux
Bercés par la mer des tropiques
Nous porterons le poids nombreux
De nos pauvres vies utopiques
Rien n'est perdu fors l'amour
La ville a l'air d'une lanterne
Scintillante et prête pour
Un nouveau festin d'Holopherne
Nous serons comblés si tu l'oses
L'espérance est un poison lent
Et je crois aux métempsychoses
Des espoirs et des sentiments
Nous serons comblés si tu l'oses
Et je t'adore en attendant
Et je t'adore et je le crie
Aux quatre vents.

Dimanche 23 mars 1952
Benoîte

Après une belle matinée que Paul a passée au studio et nous à l'attendre, après-midi grise à Valmondois avec une ou deux averses. Le jardin commence déjà, subrepticement, à me gagner de vitesse et j'en arrache moins qu'il n'en pousse... J'ai passé la journée d'hier à mettre en terre oignons, tubercules, graines et rhizomes, en suivant du doigt une petite « notice de culture » jointe au colis que je m'étais fait envoyer. En lisant, pour je ne sais plus quels « montbretias populaires » ou « oxalis deppei », que la floraison aurait lieu en août, je me suis surprise à dire : « Ah flûte ! je serai en Grèce. »

Pendant que je luttais furieusement contre les orties qui commencent à étendre leurs tentacules dans le jardin voisin, armé d'un jardinier et d'un aide-jardinier le propriétaire déclarait la guerre à tout ce qui ne poussait pas selon ses plans.

La haie de buis qui commençait à reprendre un visage humain était taillée comme un caniche à la grande satisfaction des jardiniers, ces coiffeurs pour fleurs qui sont les pires ennemis de la nature. « Ils » ont mis des dahlias à la place des primevères, en rang par cinq comme des écoliers punis, et « ils » ont tendu trois hauteurs de fil de fer au-dessus d'un semis fantôme dont on ne verra pas le bout du nez avant deux mois !

Plus une pâquerette dans les allées raclées au tampon Jex.

Et, pour comble de malheur, le grillage qui nous sépare de ce jardin d'horticulteur et que voilaient pudiquement les ronces et les liserons a été soigneusement remis à nu, maille par maille, par des mains de chirurgien-arracheur de plants…

Notre somptueux désordre vient maintenant mourir au pied du fil de fer roi et s'achève en une ligne droite impeccable doublée d'un no man's land à décourager les pollens les plus volages.

Le voisin et moi contemplons avec un mépris égal le territoire de l'autre et je me demande si l'estime réciproque que nous nous accordons sur le plan mondain et la politesse que nous nous manifestons encore ne vont pas s'évanouir à mesure que fleuriront nos deux jardins qui sont une perpétuelle injure l'un pour l'autre !

Lundi 24
Paul

Une phrase de Benoîte me remonte à la mémoire : celle où elle se qualifie avec un humour forcé… « d'esprit tout de raison et de bon sens ».

Or, cet esprit de raison éprouve, pour les cartomanciennes, une attirance irrésistible. La moindre tripoteuse de cartes lui en impose.

Cet esprit de bon sens se jette sur les horoscopes quotidiens avec voracité.

Cette « femme forte » qui exhibe en tous lieux un matérialisme agressif, admire Einstein, mais ne veut pas condamner Nostradamus…

Pour elle, Dieu est l'invention périmée de pauvres êtres débiles, mais Mme Rachel (extralucide, possède le vrai secret des mages – sic – tibétains) est une personnalité éminemment respectable. Le calcul des probabilités voisine harmonieusement avec la transmission de pensée, la théorie des quanta avec les signes du zodiaque.

Cet esprit tout de… (voir plus haut) oublie curieusement la prédiction selon laquelle « un homme blond, immensément riche et d'une grande bonté » devait, cette année même, jouer dans sa vie un rôle de tout premier plan, pour ne se souvenir que de la forte phrase d'une pythonisse de banlieue…

« Cet hiver, méfiez-vous… je vois une petite maladie… votre nez et votre gorge sont menacés. »

Et l'on m'abreuve de sarcasmes si je m'offre le luxe de croire au moindre korrigan.

Or, je préfère Mélusine au « professeur » Burma[1].

J'aime penser à Benoîte lorsqu'elle n'est pas là. Mais une méchante tournure d'esprit me fait évoquer de préférence les menus incidents où elle s'est trouvée, si peu que ce soit, en posture d'infériorité…

Ainsi, au cours d'une conversation sur les amours coupables d'une dame « bien » et d'un monsieur socialement inférieur, Benoîte lance avec conviction :

« Tout à fait lady Chatterton. »

Nous venions, la minute précédente, d'évoquer des problèmes d'installation électrique, mais tout de même, de pareilles phrases, venant d'une licenciée ès lettres classiques, réjouissent jusqu'au fond du cœur un homme sans diplôme.

1. Détective, héros de Léo Malet.

26 mars
Paul

Nous sommes allés hier à Valmondois préparer nos quartiers d'été…

Dans une tenue de campagne, plus campagne que nature, Benoîte s'est battue corps à corps avec un jardin qui tourne à la forêt vierge.

Pendant qu'elle poursuivait cette lutte inégale, je l'entendais pester vertement entre ses dents contre les averses facétieuses qui hachaient, comme à l'accoutumée, le jour du Seigneur.

Et il m'a semblé surprendre chez elle comme l'embryon d'un sentiment nouveau : un amour naissant, sourd, pudique, mais venu de loin, de profond, pour cette maison lézardée et ce jardin chaotique. Elle a découvert que chaque brin d'herbe est son herbe.

Patience ! Dans quelque temps je pourrai l'appeler « père Magloire » et, toute ironie mise à part, j'en serai ravi.

N'étant pas torturé par le besoin d'agir, j'avais mis entre l'averse et moi l'obstacle d'une pièce confortable et bien chauffée. Le moment était idéal pour écrire ce journal.

J'ai d'ailleurs fait tout autre chose.

28 mars 1952
Benoîte

Le Jean Duché[1] qui sommeille en tout homme vient de se manifester chez Paul à la date du lundi 24 mars.

Cette sortie sur Mme Rachel et les pythonisses – que je ne fréquente plus depuis dix ans – ne peut répondre qu'au désir bien viril de se tailler un succès d'estime et de rire aux dépens des femmes, ces charmants animaux qui jouent parfois avec les grandes idées.

Je lis les horoscopes quotidiens comme lui se jette sur « Arabelle, la dernière sirène » ou « Le crime ne paie pas » et autres aventures puériles illustrées depuis quelques mois dans les journaux.

Je me fais tirer les cartes par les amis parce que cela me procure une agréable sensation physique et que j'aime la terminologie des tireuses – une, deux, trois, quatre, cinq « à la nuit », une, deux, trois, quatre, cinq « une route ».

Mais je ne dépenserais pas cinquante francs pour aller chez une voyante, qu'elle possède ou non le vrai secret des mages.

Je suis payée... ou plutôt j'ai payé pour savoir que s'il y a de temps à autre une prédiction exacte – allons même jusqu'à admettre une voyante lucide sur dix – ces prédictions ne peuvent être d'aucune utilité puisqu'on ne distingue pas les vraies des fausses. Depuis Mme Mahé, présidente de la Société des sciences métapsychiques de France, qui habite un

1. Journaliste et écrivain.

luxueux appartement des Champs-Élysées, jusqu'à Mme Luce Vidi ou Mme Naïs qui habite un taudis inspiré impasse Damrémont à Levallois, j'ai descendu tous les échelons de la crédulité…

J'ai aujourd'hui réussi à remonter avec Auguste Comte et M. Homais sur le roc aride des « esprits forts » et ce n'est pas le premier fantôme venu qui m'en délogera !

2 avril
Paul

À propos de journal, certains amis, à qui j'ai parlé de notre intention de publier celui-ci dans le cas où il présenterait un minimum d'intérêt, m'ont semblé presque choqués.

Ils répètent d'abord pensivement, comme s'il s'agissait de la chose la plus inattendue du monde : « Publier… tiens, tiens… Publier ! Vous pensez, enfin, je veux dire, vous y tenez vraiment ? »

Nous y tenons pour une raison toute simple. Notre métier est d'écrire. C'est un métier qui nourrit mal son couple. Il faut faire feu de toute feuille. Et pourquoi pas celles-ci.

Mais, au travers des réticences polies, perçait une grande préoccupation : « Ce journal… vous parlez de vous naturellement… Publier une chose aussi intime, tout de même, j'hésiterais. »

Comme si l'on ne devait, en faisant profession d'écrire, reléguer à perpétuité ce genre de pudeur.

Il n'existe pas de romanciers qui ne livrent au public les détails les plus scabreux de leur intimité.

Et le fait de se dissimuler derrière un homme ou une femme de paille, de se déguiser, d'inventer une fiction, ne change rien à la chose. Il y a dans tout roman une part d'autobiographie et d'exhibitionnisme.

Benoîte et moi sommes un couple. Nous nous aimons comme nous n'espérions plus ni l'un ni l'autre pouvoir aimer. Nous nous faisons parfois un peu souffrir par sottise, faiblesse ou ignorance. Nous aidons à grandir deux filles qui découvrent le monde avec voracité. Nous vivons la vie quotidienne bord à bord, du même pas, et nous tentons, avec nos moyens propres, d'être ce que nous sommes.

On écrit des romans avec moins que cela.

Il se trouve que je n'ai pas envie d'appeler Benoîte « Isabelle », de me baptiser « Guy de Vallombreuse[1] », ni de situer l'action dans une propriété tourangelle ou un bar louche de Chicago.

C'est tout.

7 avril
Benoîte

Je note pour mémoire que dimanche 31 mars il n'a pas plu, mais que le ciel a été si menaçant tout le jour qu'on a vécu botté et encapuchonné comme s'il pleuvait.

Quant au dimanche 6 avril, il a été digne des précédents, ce qui n'est pas peu dire.

---

1. Personnages du *Capitaine Fracasse*.

Hier soir, j'ai encore perdu six cents francs à la belote et mille six cents francs jeudi soir.

Ceci pour montrer que le climat n'a pas changé.

Paul

À SA SANTÉ

À flâner dans l'odeur du temps
À traîner ma clique et mes cliques
Dans le maussade temps présent
(Présent pour qui ?) j'en ai ma claque
J'ai déjà bien perdu mon temps
Passe pair rouge manque
Manque à gagner gagne petit
Et le temps passe
Et le temps manque
Terriblement.
Tout cela n'a pas d'importance
Si tu m'aimes à bras raccourcis
À corps perdu à qui perd gagne
À dormir debout à bouche que veux-tu
À tu et à moi
Tout cela n'a pas d'importance
Ma bien-aimée de toile douce
Mon livre grand ouvert
Aux secrets interlignes
Mon épouse pharaonique
Bonne à aimer et folle à vivre
Femme d'ambre et d'ombre
Et d'or profond

Ma naufrageuse de sagesse
Ma planche de salut
Mon ennemi héréditaire
Et que j'ai si longtemps cherché
Pour ne pas lui faire la guerre
De tes grands yeux d'amande amère
Regarde-moi une fois
Une seule
Comme une femme doit regarder un homme
Très sérieusement
Puis dans un lit recouvert de dentelle
De dentelle au point d'Alençon
Au point où nous en serons
Dans la ruelle
Elle
Et moi sur elle
Irons
Et nous ferons l'amour s'il veut se laisser faire
Et ses grands yeux d'amande amère
Se fermeront
Je rêve tout ceci par un soir de décembre
Ma femme d'ambre
Et d'ombre n'est plus là
Je suis seul dans un lit recouvert de flanelle
Point de point d'Alençon
L'amour a autre chose à faire
Qu'à badiner avec un solitaire
Au point où j'en suis
Au point mort
On est facilement mélancolique et tendre
Alors qu'il serait simple
Si simple

De dormir comme un portefaix
À flâner dans l'odeur du temps
Mes souvenirs en bandoulière
À traîner dans le temps présent
Un machinal itinéraire
Je reconnais tous les passants
Mon beau temps perdu que je vous regrette
Mon temps perdu à travailler
À croire
À penser
À souffrir aussi par intermittence
À me demander
Aux ressouvenances
Mon beau temps effeuillé
Mon temps que j'ai sali de travaux mercenaires
Comme si comme si
Une minute bien perdue
N'était pas autant de gagné
Tout cela n'a pas d'importance
Si tu m'aimes à tombeaux ouverts
Et sans espoir de récompense
Ma bien-aimée et bien aimante
Tourne la terre et nous dessus
Tout cela n'a pas d'importance

8 avril
Benoîte

La mode de printemps a fait son apparition à Longchamp, dimanche, sous une tornade ininterrompue. J'ai noté avec une délicieuse indifférence qu'on en revient aux grandes capelines grotesques, absolument inadaptées aux 4 CV, aux épiceries du quartier, au climat de pluies et de bourrasques que les géographes appellent « tempéré », bref à la vie moderne. Tous les journaux nous montrent aujourd'hui la même pitoyable brochette d'« élégantes », la main gauche au chapeau pour éviter un départ en vol à voile, les jambes collées l'une contre l'autre par des jupes impitoyables, les pieds en porte-à-faux sur des talons inhumains qu'elles maintiennent à grand-peine à fleur de boue...

Et l'on s'étonne que les femmes soient des êtres absurdes et inaptes ! Tout dans leur condition est illogique, incommode et il faut une somme de miracles et de tours de passe-passe que les hommes n'imaginent pas, pour sortir grandies de cette situation.

Je frissonne encore aujourd'hui à la pensée que je me suis longtemps crue obligée de porter des chapeaux qui faisaient mon malheur et des chaussures exclusivement faites pour la position assise. Aujourd'hui, si la vie me paraît douce et facile, c'est en grande partie parce que je ne porterai jamais plus de chapeau dont j'aie honte dans l'autobus.

Jeudi 10 avril
Paul

Je regrette de n'avoir pas eu le courage d'écrire hier, dans ce journal, ce que je pensais de Benoîte. Je dis bien « pensais » ! Vingt-quatre heures ont passé et, de ma belle colère, il ne reste pratiquement rien.

Cela doit être affreusement dur à nourrir, une colère, ou une rancœur. Il faut sans doute donner le meilleur de soi-même à ces sentiments-là pour les maintenir vivaces.

Bref, nous nous en tirons avec une soirée hachée de silences hostiles, chacun sûr de sa bonne foi et montrant à l'autre la face amère d'une victime révoltée.

Comme on change ! Jadis, je ne me mettais jamais deux fois en colère contre la même personne, celle-ci étant irrévocablement rayée de mes papiers à la minute précise de la première scène.

Dans *Le Figaro* d'aujourd'hui, M. Pierre Audiat exécute quelques variations sur l'air connu du « bon maître de jadis pour qui les questions d'argent n'existaient pas ». Et d'opposer ce sublime détachement à la triste mentalité des galopins qui voudraient vivre confortablement avec le diplôme d'agrégation.

Les arrivés ou les parvenus de la littérature sérieuse et moralisante tiennent là une tarte à la crème dont ils abusent sans la moindre pudeur.

M. Pierre Audiat songe avec mélancolie… « à ces mathématiciens inspirés qui, reçus, la même année, dans les premiers, à Polytechnique et à Normale supérieure, optaient pour Normale supérieure, abandonnant les espérances dorées pour l'ascétisme universitaire. Ou encore à ces maîtres qui, repoussant la tentation des chaires de facultés, plus confortables, s'accrochent à leurs classes de mathématiques spéciales ou de première supérieure parce qu'ils considèrent comme une vraie richesse de conduire au succès, et peut-être à la fortune, leurs élèves et leurs disciples ».

Belle envolée ! Nobles sentiments.

De même qu'il y a les « bons » pauvres, il y a les bons professeurs et les bons médecins de campagne. Ceux qui se contentent de pain frotté d'ail et ne rêvent pas aux décorations ou aux académies.

Mais par un curieux hasard, ceux qui discourent avec cette hauteur sont rarement, eux-mêmes, professeur de rhétorique à Bressuire ou médecin de campagne dans le Morbihan.

En finira-t-on bientôt avec ce révoltant romantisme de la pauvreté ?

Et ne pourrait-on se décider une bonne fois à fesser publiquement, place de la Sorbonne, ces indécents personnages qui prêchent le renoncement du haut d'une confortable chronique hebdomadaire.

Ceci dit, M. Pierre Audiat est sans doute un très brave homme.

12 avril
Benoîte

C'est étonnant comme la vie des autres compte peu quand on est au volant. Je n'ai aucun sentiment de pitié ni même de fraternité pour un piéton quel qu'il soit quand je conduis. Et je n'aurais que colère et irritation contre celui que j'écraserais.

13 avril
Paul

Répondant aux vœux les plus chers de tous les penseurs (et aux questions de Jean Nohain), Maurice Chevalier a fait aux auditeurs de la radio une confidence capitale : comment il conçoit (sic) ses chansons.

Ainsi… ! Vincent Scotto vint le voir un jour avec une œuvre encore vierge. Maurice lut pensivement les premières lignes : « Prosper, là, là, là, c'est le roi du macadam… »

Le grand fantaisiste sentit tout de suite qu'il y avait là une grande chose. Pourtant, il n'était pas totalement satisfait. Un instinct obscur lui disait qu'il y manquait ce je-ne-sais-quoi qui est la marque authentique de l'esprit de notre beau pays.

Longtemps, longtemps, Maurice chemina, écrasé sous le poids de cet impondérable, sentant, au plus profond de lui-même, qu'il n'avait pas le droit de se contenter d'à peu près.

Et puis, un beau jour, entre deux méditations sur Goethe et sur Shakespeare, Maurice Chevalier se frappa le front… « Prosper, yop là boum… »

Il n'en fallait pas plus ! Le chef-d'œuvre était né.

Comme on est fier d'être français !

14 avril – Lundi de Pâques – Minuit
Benoîte

Retour de Nantes, solitaire, par le train. Rançon de la troisième classe : je suis pleine de puces. J'en ai jusque sur les mains et c'est un étonnement toujours renouvelé pour moi de voir comme elles réussissent à vous piquer aux endroits les plus apparents sans qu'on les prenne jamais sur le fait... le dard dans le sac.

J'ai laissé Paul poursuivre sa route, tout seul – mais avec la voiture hélas – vers Brest où il va tenter d'obtenir des crédits pour aménager nos ruines de Kercanic, au lieu-dit Kerantan Bihan.

Notre amour n'est pas encore usé : son départ – pour trois jours seulement – continue à ne pas me laisser indifférente.

Heureusement, en arrivant à minuit rue Chanez, j'ai eu la joie d'apprendre que les filles étaient rentrées ce soir de Valmondois. Je les ai écoutées respirer derrière la porte et me suis sentie moins seule.

Acheté pour le voyage *Ainsi soit-il ou Les jeux sont faits* d'André Gide.

Je n'y cherchais pas le Gide des grandes années mais j'espérais y trouver les sensations et les réactions d'un homme sans faiblesse devant sa mort.

Son journal est celui d'un auteur fatigué qui s'en va sans panache, simplement parce qu'il a envie de dormir. Et la mort apparaît sous son aspect le plus banal, le plus négatif : simplement une absence de vie. Rien d'angoissant, rien de terrible. Le corps n'a plus le goût ni le désir de rien, et l'esprit s'éteint tout doucement, faute de curiosité.

Lamaze ramène de Russie soviétique l'accouchement sans douleur. Il me semble qu'avec une technique appropriée et quelques exercices physiques et moraux (relax !!) on apprendrait aussi à mourir en tricotant, sans la moindre appréhension.

La fin de Gide n'a pas trahi son commencement, il est mort sans peur et sans crucifix, les mains croisées sur le seul cœur qui compte, le sien.

Mercredi 16 avril
Benoîte

Vu *Fanfan la Tulipe* hier. C'est un bon film, évidemment. Mais les bagarres m'empoisonnent et elles occupent deux tiers du film. Ce cliquetis d'épées de bois, ces héros qui tiennent tête à cinq bandits et sautent finalement du haut d'une tour pour se retrouver, le plus naturellement du monde, sur le dos d'un cheval qui passait par là, n'ont rien qui puisse me surprendre ou m'effrayer. On sait que le surhomme triomphera de tout, alors pourquoi ne pas nous épargner ces acrobaties ?

Quant à l'étincelant cliquetis des répliques, il a été complètement évincé par le plat ferraillement des épées de pacotille.

On comprend mal que les hommes croient encore à l'ONU alors que l'occasion leur est donnée chaque fois qu'ils vont au cinéma de prendre conscience de leurs goûts véritables.

Les hommes aiment la bagarre imbécile d'où l'on revient borgne et ils tuent n'importe comment.

Les femmes, quand elles tuent, préméditent et c'est pour cela qu'elles préfèrent le poison.

Même les vicieuses de l'assassinat comme Marie Besnard ou « la collectionneuse des derniers soupirs » choisissent le poison. Beaucoup plus intelligentes que Landru ou Weidmann, elles obtiennent des permis d'inhumer et c'est ainsi que leurs séries, quand par hasard elles sont découvertes, sont plus impressionnantes que celles des hommes.

On ne peut faire disparaître indéfiniment ses fiancées sans l'accord de l'état civil. À la longue, la loi reprend ses droits.

Mais tuer avec l'approbation de l'église et de la mairie, voilà le chef-d'œuvre.

Et je suis convaincue que le nombre de femmes qui ont ainsi tranquillement et intelligemment empoisonné leur mari ou leur vieux père est un défi aux statistiques masculines les plus optimistes.

Dans cet ordre d'idées, la bêtise la plus noire est alors représentée par les coups de couteau et règlements de comptes entre sidis, boulevard de Grenelle, à vingt mètres du commissariat ! En fait de comptes, c'est celui de l'assassin qui est réglé.

Moralité : Il faut empoisonner son mari avant qu'il ne vous égorge.

20 avril
Paul

Voyage solitaire à travers la Bretagne d'avril : les océans de genêts déferlent sur le dos des landes, de place en place, comme des blocs erratiques, un pommier ou un merisier qui font une tache aveuglante ;

du haut du Faou, la fin de la terre et le grand océan, rouge au couchant. Au hasard du vent, des vagues d'odeurs qui submergent la petite 4 CV.

Et par-dessus le tout, un soleil plein de nuances, sans l'intenable orgueil de la lumière du Midi, un soleil tendre et pudiquement joyeux.

Au retour, Paris ressemblait à un grand collecteur.

Mais parce que Benoîte manquait à ce voyage, nulle part je ne me suis attardé. L'insupportable place vide, à côté de moi, finissait par boucher le paysage.

L'amour a des exigences injustes et démesurées. Qu'est-ce que c'est que ces façons de ne plus pouvoir être heureux tout seul !...

[Une demi-page manquante.]

Benoîte

... devrais avoir envie de faire du planeur, d'« aller dans les boîtes », de voir du monde ?

Eh bien, non ! Aujourd'hui j'ai envie d'être toute seule dans mon jardin et je me réjouis qu'il ne soit pas ratissé et peigné et qu'il m'offre des besognes innombrables et jamais finies, y eût-il sept dimanches dans la semaine.

Je suppose qu'il n'y a pas de quoi être fière. Mais peut-être me lasserai-je de la terre et des graines en sachet et du cercle étroit du jardin. Peut-être dans deux ans partirai-je à l'assaut... Mais de quoi grands dieux ?

24 avril
Paul

Valmondois nous a réservé un accueil triomphant. Lorsqu'il n'oublie pas le rendez-vous, le printemps, ici, est plus printanier qu'ailleurs.

Les fleurs de l'année dernière ont ressurgi comme par miracle à la place prévue. L'herbe pousse comme dans les films de Painlevé, les filles mettent à sac la terrasse ratissée la veille, et nous sommes très heureux.

Hier soir, nous avons savouré à petites gorgées le départ des « Parisiens ». Les vacances de Pâques terminées, tous ces malheureux empilaient dans de luxueuses voitures leurs dernières heures de liberté.

Ils sont partis, les uns après les autres. Les plus tenaces s'offraient l'ultime joie d'un dernier dîner « dans le jardin ».

Et nous, assis devant la porte, nous regardions le triste exode qui décuplait notre sadique satisfaction.

Ce matin, nous sommes maîtres du terrain. Les autres ont retrouvé les horizons ineffables de Havre-Caumartin[1].

On n'est jamais si bien heureux que par comparaison.

24 avril
Benoîte

J'ai découvert aujourd'hui combien le lundi à la campagne est plus satisfaisant que le dimanche.

1. Ils n'habiteront ce quartier qu'à partir de 1955.

Le village est livré à lui-même, aux gens qui en font vraiment partie, tout est harmonieux et d'un calme dont on savoure chaque seconde au lendemain d'un dimanche déferlant de Parisiens qui ont saboté le décor et raflé tout le muguet dans les sous-bois.

Aujourd'hui on est deux fois à la campagne. Parce qu'on y est. Et parce que les autres n'y sont pas.

29 avril
Paul

À la première belle journée, les amis parisiens s'avisent brusquement que nous menons une vie merveilleuse. Ils n'ont pas de mots pour qualifier notre « chance » et promettent en chœur de venir nous voir dimanche prochain.

Ils viennent. Et ce sont des exclamations extasiées : la maison est un chef-d'œuvre, le jardin, un paradis, nous-mêmes des génies de l'organisation.

Et d'entonner le refrain sur notre « chance ».

Ils commencent à m'embêter avec notre chance.

Cette maison ne nous a pas été léguée par un ancêtre négrier et nous travaillons pour gagner notre vie. Nous avons décidé de nous organiser d'une certaine manière, et nous l'avons fait.

J'adore me dire que j'ai de la chance, mais j'ai horreur que les autres le proclament avec cette insistance obscène.

Sans compter que certains ont bonne mine, « à la campagne ». Le premier enthousiasme passé sur le coup de cinq heures et demie, ils commencent à regarder leur montre. Tout est dit sur la beauté des fleurs et le chant des oiseaux. Pas un ne songerait à nous proposer d'arracher les orties. Non ! Ils s'aperçoivent qu'ils n'ont rien à faire, que le soleil décline, que la merveilleuse maison est un peu fraîche et que la terre est basse.

Sans jamais nous le dire, Benoîte et moi souhaitons secrètement leur départ pour nous retrouver, elle à son jardinage, moi, à mes chasses chimériques.

Enfin ils partent. Ils commençaient à s'ennuyer ferme, mais le soir même, en sortant d'admirer le dernier film de Preston Sturges, ils diront à des amis communs :

« Nous avons passé l'après-midi chez les Guimard. Ce que c'est adorable chez eux. Il y en a qui ont de la chance. »

Eh bien, merde !

Gérard Herzog[1] m'a demandé, pour une émission radiophonique, mon opinion sur la justice. En ce moment, le sujet est à la mode.

J'ai répondu que le problème consistait tout simplement à retirer du circuit les individus considérés comme néfastes.

Faire intervenir là-dedans des « valeurs morales » ou des notions de bien et de mal est une monstrueuse hypocrisie. Le bien et le mal, c'est-à-dire l'idée qu'on s'en fait, varient à l'infini. L'avortement est autorisé en Angleterre et, en France, puni des travaux forcés. Or, Londres est à une heure et demie de Paris.

1. Alpiniste, écrivain et cinéaste.

En réalité, on se débarrasse des criminels comme des ordures ménagères, et pour les mêmes raisons.

Et on souhaiterait ne pas entendre plus de grandes phrases dans les services de justice que dans les services de voierie.

30 avril
Paul

L'agriculture est un fichu métier.

Ayant fait venir, à prix d'or, un stock considérable d'oignons divers, nous avons artistement disséminé lesdits oignons, au hasard des espaces libres.

Depuis, nous attendons.

Certaines espèces nous donnent de grandes satisfactions, notamment une sorte de plante à feuilles pointues, dont nous ignorons le nom, et qui pousse avec une infinie bonne volonté.

Par contre, toute une flore aux noms de velours, s'obstine à rester sous terre. Le montbretia populaire dont nous attendions beaucoup, sur la foi d'un lyrique prospectus, n'a pas encore mis le nez dehors.

Chaque matin, avant même le petit déjeuner, nous bondissons dans le jardin, et, un genou en terre, nous parcourons des yeux chaque centimètre carré. Notre optimisme est illimité. Le moindre brin de verdure naissante nous semble un gage de floraisons mirifiques. Dans un mois, nous nous apercevrons qu'il s'agissait des espèces les plus communes et les plus venimeuses des « mauvaises herbes ».

Lorsque, par miracle, un oignon sort de terre, nous clamons, en même temps : « C'en est un que j'ai planté. » Chacun reconnaît l'endroit sans discussion possible et ricane, intérieurement, des prétentions de l'autre.

Je dois avouer que Benoîte mérite que « ses » oignons poussent mieux que les miens, car elle se donne un mal infini. Les chevaux, qu'elle considérait jusqu'alors comme des ennemis intimes, ont à présent toutes ses faveurs. Elle surveille leur passage avec amitié, avec l'espoir de recueillir un peu de ce fameux crottin qui est la mamelle de l'horticulture. L'heureux événement se produit-il ? Elle bondit, pelle en main, récolter la manne.

À ce propos, il est curieux de constater à quel point les notions d'amour-propre évoluent.

Jadis, pendant les vacances au bord de la mer, une tante, férue de jardinage, nous envoyait, mon cousin et moi, chercher du crottin pour ses hortensias.

Or, j'étais à cette époque sous le charme d'une blonde étrangère dont l'accent, le chewing-gum et la gorge naissante me conduisaient au bord de la pollution nocturne.

J'avais la hantise qu'elle me rencontre dans l'exercice de cette fonction infamante.

Et elle me rencontrait toujours ! C'est en vain que je tentais de dissimuler le seau à moitié plein et le petit balai ad hoc. Elle voyait tout, comprenait tout, et, sans doute beaucoup plus intelligente que moi, trouvait cela très naturel.

Il n'empêche que deux heures après, sur la plage, lorsque je lui offrais des glaces, j'étais persuadé qu'elle regardait mes mains.

L'humiliation suprême me fut réservée un jour que, vaquant à la corvée habituelle, je la vis surgir, sur le dos d'un fougueux coursier qu'elle arrêta à ma hauteur.

La pelle en main, je bredouillai quelques compliments. C'est le moment que choisit le cheval pour se délester du plus beau tas de crottin que puisse rêver un agriculteur. Toute joyeuse, elle me dit de profiter de l'occasion. Et je dus me courber devant cette admirable amazone et ramasser le tas fumant.

J'avais douze ou treize ans.

Aujourd'hui, si Marlene Dietrich me surprenait au derrière d'un cheval, je lui demanderais de tenir la pelle.

Il est vrai que j'ai dû hériter d'autres complexes, ce qui fait une moyenne.

5 mai
Paul

Les vagues trous du cul, qui signent « Interim » les critiques dramatiques et cinématographiques, sont des êtres odieux…

Lorsque le titulaire de la rubrique est en vacances ou au festival de Pédonzigue, le rédacteur en chef (dont c'est le moindre souci) charge le premier venu d'écrire trente lignes pour remplir la case.

À ces mots, l'Interim ne se sent plus de joie. Lui, dont le rôle se bornait à renseigner les lecteurs sur les cours des Halles, se trouve doté de la puissance suprême : celle de juger.

Et comme on confond volontiers juger et nuire, l'extra bondit sur sa pointe Bic et lâche sa crotte avec jouissance.

Le titulaire peut se permettre d'aimer tel film et de le dire. Il a toute la vie pour se faire pardonner cette faiblesse.

L'extra n'a qu'une occasion pour se faire remarquer ! Depuis des années, il rêve des lauriers de Jean-Jacques Gautier[1]. Pouvoir traîner dans la boue ces vedettes aux pieds desquelles il doit ramper lorsqu'on lui commande une interview ! Quel rêve !

Pouvoir juger souverainement la dernière pièce de Montherlant, avant de recommencer à rédiger des nouvelles en trois lignes.

Trente lignes d'Interim, c'est un lustre de fiel superconcentré.

Et cela nous vaut des « articles » où s'expriment, en un sabir douteux, toute la méchanceté, la sottise et l'ignorance profonde du raté congénital.

8 mai – Un soir, au lit
Benoîte

Je n'ai plus le temps d'écrire car je ne me lasse pas d'arpenter mon jardin et d'étudier chaque herbe nouvelle. Je me surprends à avoir beaucoup plus envie d'un manuel de botanique et d'art de jardiner que du dernier ouvrage de Queneau. J'ai envie de connaître le nom de chaque plante, ses goûts, ses

1. Critique théâtral célèbre pour sa férocité.

habitudes. Avec le nom latin en plus, si possible, car je ne déteste pas être pédante quand j'ai les ongles noirs et une veste rapiécée.

Heureusement, cet été, Ithaque, Corfou et le Parthénon me feront oublier que la pivoine derrière la haie n'a eu qu'un bouton cette année et que le rosier de l'allée est attaqué par les moucherons. Il n'en faudra pas moins pour me distraire de cette passion botanique naissante mais déjà inquiétante.

J'ai, du lit où j'écris, un bouquet composé de toutes les espèces de fleurs qu'il y a dans le jardin, grandes marguerites jaunes, pervenches, orchis, myosotis, narcisses et autres espèces dont j'ignore hélas le nom, car on n'en voit pas chez les fleuristes.

Je continuerais bien sur ce ton bucolique mais Paul, qui m'a assuré tout à l'heure, avec une hypocrisie cousue de fil blanc, que la lumière ne le gênerait pas, exhale des soupirs pitoyables, et se livre dans le lit à des gesticulations spasmodiques, le tout composant un langage muet auquel je ne saurais rester sourde.

9 mai
Benoîte

Les magnifiques platanes de la Grande-Rue de Saint-Denis ont été rasés jusqu'à l'os par les vandales de service de la municipalité parisienne. Bien entendu, cette tonte a eu lieu en avril et le pavé est jonché de cadavres de bourgeons. Maintenant le quartier est nu, livré tout entier à sa grisaille.

Après un mois de loyaux efforts, les platanes ont réussi à accoucher à ras d'écorce de quelques petites feuilles tremblotantes. Mais comme ils ont été amputés de toutes leurs branches, on dirait deux longues enfilades d'hommes-troncs qui agitent leurs petites mains vertes sans bras.

10 mai
Benoîte

Je vais voir Don Perlimplin (prononcer Perlinneplinne si l'on veut n'avoir pas l'air d'arriver de Chateaulin) au théâtre des Champs-Élysées et deux ballets du marquis de Cuevas. Curieuse de savoir si je supporterai mieux l'opéra moderne que l'opéra classique. Le livret est de Lorca, mais c'est « causant espagnol » et vu que je n'en habla pas un mot… il serait de Fernand Trignol que je n'y verrais pas de différence.

Et à minuit, je prends Paul au studio et nous filons vers les vertes forêts. La maison sera humide et noire, la porte ne voudra pas s'ouvrir. Il n'y aura plus une goutte d'eau dans le broc et une araignée sur le drap, mais en toute bonne foi, nous continuerons tous les deux à considérer que nulle part nous ne pourrions être mieux.

Demain, sans bouger de mon lit, j'écarterai du doigt le rideau noir qui masque la fenêtre et j'annoncerai à Paul que le ciel est bleu ardent. (J'ai puisé cette certitude dans l'ONM.)

Dîné hier avec des « amis » ; je m'aperçois de plus en plus que le manque d'intelligence – ou ce que je considère comme tel, ce qui revient au même – m'empoisonne la vie. J'aime encore mieux ne rien faire et ne voir personne que de faire même un bon dîner avec des crétins. J'aime mieux la compagnie des orties. Au moins, on a le droit de se servir de chlorate de soude.

Paul

La vie que tu vis loin de moi
Et qui t'éloigne chaque jour
D'un jour
D'une pensée
D'un désir
La vie que tu vis loin de moi
Chaque jour
Chaque nuit
T'en rends-tu compte
Nous sépare de mille souvenirs
Que nous n'aurons jamais ensemble
Et les échos de notre entente
Goutte à goutte
Au vent d'hiver
S'en vont.

Samedi 11 mai
Benoîte

J'ai écarté le rideau noir ce matin à 10 h 20 (nous nous étions couchés à 2 heures !) et j'ai dit à Paul que le ciel était noir… L'ONM une fois de plus n'est que l'Office national du mensonge.

Donc hier soir, dans une salle bondée de spectateurs à trois mille francs le sous-cul, vu *L'École des femmes*, une fois de plus, sous le nom cette fois de Don Perlimplin. Musique de Vittorio Rieti. Je la réentendrais ce soir que je n'y reconnaîtrais pas trois notes au passage. Il me semble que c'est la caractéristique de la musique moderne. On me rétorquera que le fait de retenir un air ne prouve pas que la musique soit bonne. C'est probable, et pourtant je n'arrive pas à être touchée, ni intéressée, ni amusée par ces notes qui se succèdent sans nécessité apparente et qui semblent pouvoir être remplacées par n'importe quelle autre note de la gamme sans nuire à l'ensemble. Je me souviens d'une phrase de Bergson sur la grâce dans la danse disant à peu près ceci : la grâce par laquelle les spectateurs sont séduits naît justement de ce que chaque mouvement découle nécessairement du précédent et qu'il est à la fois une surprise pour la conscience et une chose attendue pour l'inconscient, qui l'avait obscurément pressenti. (Rechercher les termes exacts.)

Cette phrase me semble s'appliquer merveilleusement à la musique.

Une femme, hier soir, avait posé sur ses cheveux noirs une immense crinière blonde qui descendait jusqu'à sa taille et qui semblait, de la loge où j'étais, faite de raphia. C'était une très jolie femme, en manteau du soir de velours noir, et qui de dos ressemblait à un chef M'Baketé. C'était joli, incontestablement. Mais les pagnes tahitiens sont jolis aussi. Est-ce vraiment une conquête sur le qu'en-dira-t-on et la peur du ridicule d'oser porter une coiffure pareille ? C'est sans doute la façon des femmes de faire des coups d'État.

J'ai réchauffé un serpent dans mon sein. Au point précis où j'avais mis en terre un mystérieux oignon, j'ai vu apparaître une tige que j'ai entourée de crottin et de soins jaloux. Je l'arrosais chaque soir d'eau amenée à grands frais d'une lointaine pompe. J'ai arraché toutes les herba vulgaris que je voyais poindre autour. Et le soir, j'ai dû me rendre à l'évidence : c'était sans conteste possible une magnifique ortie que j'avais engraissée. Je n'ai pas eu le courage de l'arracher.

13 mai
Paul

Mes craintes relatives à notre ignorance des principes les plus élémentaires du jardinage se trouvent amplement confirmées.

Nous venons de nous apercevoir qu'un des parterres auxquels nous avons prodigué nos soins les plus patients était composé, en grande partie, d'une variété d'orties parmi les plus redoutables et les plus prolifiques.

Pendant trois semaines, nous nous sommes penchés sur les petites tiges informes, répandant à grands flots des engrais azotés, potassés et autres. Moralité : nous avons les orties les plus robustes de la région, nourries de crottin frais et de pastilles de Belliflora. Des orties dont plus rien, jamais, ne nous débarrassera.

Et pour favoriser l'éclosion de ces monstres urticants, Benoîte a patiemment arraché, jour après jour, au fur et à mesure de leur apparition, des « mauvaises herbes » qui étaient sans doute des espèces rares, achetées un mois plus tôt chez Monsieur Vilmorin.

Hier, nous avons vu les films du Groenland et du Kon Tiki. Bien entendu, nous sommes sortis transportés d'admiration.

Mais j'ai surpris chez Benoîte une sourde inquiétude, à peine perceptible. Avec une désinvolture et une légèreté feinte, elle m'a demandé si ça me « tenterait », si ceci, si cela…

Les femmes ont un vieux compte à régler avec l'Aventure. C'est leur seule véritable ennemie héréditaire, la concurrente la plus directe et la plus souvent victorieuse.

Et Benoîte a bien senti que, l'autre soir, en compagnie de Bertrand Flornoy, je parlais des coupeurs de têtes de l'Amazone avec un rien de concupiscence.

14 mai
Benoîte

Voilà bien l'art littéraire de Paul Guimard : sans nous être concertés, nous avons parlé tous les deux hier du même fait. Mais ce qui chez moi n'était qu'une ortie est devenu chez Paul « une plate-bande d'orties de la pire espèce ». Ne nous faisons pas plus Bouvard et Pécuchet que nous ne le sommes :

je m'étais bien doutée que ces feuilles veloutées pouvaient n'être pas ce que j'espérais. Mais comme le Christ qui préféra pardonner à cent coupables que punir un innocent, j'ai préféré laisser croître l'ortie que condamner peut-être un glaïeul gigantesque.

Et désormais, des poteaux indicateurs jalonneront mes semis…

Je m'étais bien juré de ne pas avoir de dahlias chez moi, de « dayas » comme dit ma voisine. Mais Jean m'en a apporté un cageot. Le moyen de rester indifférent devant un tubercule qui veut vivre ?

Résultat : une trentaine de dayas dont j'ignore encore la couleur (mais je fais confiance au jardinier qui les éleva pour avoir mis au point de ces « tango » innommables) vont bientôt dresser leurs grosses faces bouffies de prétention et de sottise et faire la loi dans le jardin.

Je n'aurai même pas la ressource de les cueillir, car les dayas sont encore plus laids dans un vase que sur terre. Cependant, j'ai planté ces rhizomes biscornus aux sinistres promesses avec le même soin et le même crottin que mes graines…

[Une demi-page manquante.]

Mercredi 15 mai
Paul

Je préfère pardonner à cent coupables que punir une innocente !

J'ai voulu pêcher : les adorables filles de Benoîte, qui la semaine dernière avaient réalisé avec mes bobines de nylon les plus jolis nœuds du monde, se sont exercées, cette semaine, à semer mes hameçons en terre.

J'ai voulu chasser. La carabine que me prête un voisin s'est enrayée à cinq mètres d'un pigeon dodu et nonchalant qui m'a regardé en ricanant avant de s'envoler à petite vitesse.

En désespoir de cause, j'ai voulu travailler dans la nature. Un garçon et une fille sont venus s'installer, sans me voir, à deux pas de mon buisson et se sont mis en devoir de faire l'amour avec acharnement.

Rien n'a manqué : d'abord les protestations indignées de la fille, puis les gloussements énervés pendant l'ultime déshabillage, la dernière protestation, le petit cri de circonstance, et enfin, la gamme la plus complète, la plus nuancée, des soupirs, halètements, râles et onomatopées d'usage en pareil cas.

Le garçon, lui, ne disait rien, mais déployait une activité soutenue qui m'a rempli d'admiration.

L'affaire a duré un bon moment. J'étais tout disposé à les laisser repartir sans leur infliger la honte de me montrer, par solidarité, parce qu'une fille ne pardonne jamais ces choses-là à son « séducteur ».

Mais après quelques minutes de repos, le garçon s'est mis en position de récidive, et, comme il n'y avait aucune raison pour que l'opération ne se reproduise pas une troisième fois, j'ai cherché un moyen de m'en sortir. Or, je ne pouvais ni partir sans être vu, ni me montrer subitement et dire bonjour comme si de rien n'était. Dans des cas pareils les mâles sont volontiers agressifs, et pour peu que la vigueur du mien ait été à la mesure de ses capacités sexuelles, j'aurais été pulvérisé. J'ai pris le parti saugrenu de pousser une sorte de rugissement profond, d'ailleurs assez réussi. C'était courir au-devant du penis captivus. Heureusement, rien de semblable ne s'est produit, mais le couple infortuné a sans doute battu le record du monde du cent mètres.

Elle, le slip à la main, volait encore plus vite que son compagnon, gêné, il est vrai, par un pantalon hâtivement remonté.

Bien entendu, je n'ai plus travaillé !

De pareils spectacles sont une rude épreuve pour un homme solitaire.

20 mai
Benoîte

C'est l'aube. L'aube du riche s'entend : il est 8 heures. Réveillé par miracle, Paul est parti à la chasse au fond du jardin. Il va encore falloir manger du merle à midi.

23 mai
Benoîte

« Je voudrais que Paul soit mon mari, pour être tout le temps avec lui, nous dit Blandine.

— Mais tu ne peux pas l'épouser, c'est déjà mon mari à moi !

— Mais je l'épouserai quand tu seras morte, maman ! »

Et de même que Blandine le dit sans intention de me blesser ou de me faire de la peine, je le considère moi aussi comme naturel et sans la moindre nuance désobligeante pour moi. Elle a l'esprit pratique. Pourquoi ne profiterait-elle pas de cet avantage que lui donnerait ma mort ? L'important c'est qu'elle n'en vienne pas à la souhaiter. Mais qu'elle la considère comme normale, et devant vraisemblablement se produire avant la sienne, comment songer à le lui reprocher ?

Lison, elle, est sentimentale et a un grand besoin de se raccrocher passionnément à quelqu'un dans la vie. Elle se réveille toujours avec des larmes et il faut à chaque fois la réhabituer doucement à vivre. Son amour aveugle pour moi, je n'ai pas à m'en vanter : elle aurait aimé n'importe quelle mère, car c'est un besoin chez elle. Et je sens que je pourrais faire n'importe quoi, même contre elle, elle ne dira jamais de mal de moi.

Curieux que certains principes, comme le respect d'une mère, soient innés chez quelques individus. Ils vont de pair avec d'autres d'ailleurs, tels que la pudeur. Lison a un sens étonnant de la pudeur. La nudité pour elle est quelque chose de louche et de vilain et elle a un désir terrible de voir tout ce qui a rapport au corps et en particulier tout ce qu'on cache… Elle garde d'ailleurs ses découvertes et ses constatations pour elle et je découvre combien il est facile de modeler une fille bégueule et collet monté, pleine de complexes et désirs inavoués.

Il faudra bien batailler pour la persuader que l'amour n'est pas une chose honteuse, bien qu'on se cache pour le faire !

Dimanche 25 mai
Paul

Ceci est un chant de triomphe !

L'homme languissant dont « on » se moque si volontiers, qui ne sait que rester sur sa chaise longue pendant qu'« on » jardine avec courage, l'homme qui ne fait rien vient de bâtir une cathédrale, tout simplement.

Donc, je viens de construire, de ces mains que voilà, des vatères aussi luxueux que les petits endroits du regretté *Normandie*.

Jusqu'ici, nous utilisions ceux des voisins. Quant aux filles, elles prenaient un plaisir infini à se confier à la nature. De préférence, au milieu des allées.

Ce qui fait que le jardin était parcouru d'odeurs généreuses et constellé de fèces vrombissantes. Car bien entendu, les mouches à chose, enchantées de l'aubaine, avaient donné le mot à toutes leurs consœurs du département.

Bref, un enfer.

Pendant plusieurs jours, j'ai creusé la terre, scié les madriers, coupé l'Isorel, étendu la peinture et gâché le ciment.

Le résultat est que cet édicule a l'air d'un édifice. Les murs sont d'un bleu tendre et d'allure harmonieuse. Le sol est lisse et blanc.

Je dois dire que Benoîte, admirative, a très bien joué le jeu. Dix fois par jour, elle est venue s'extasier sur la beauté de l'ensemble, l'ingéniosité de la charpente et le « fini » des jointures. Avec patience, elle s'est intéressée au récit détaillé des difficultés innombrables que j'ai surmontées.

Spontanément, elle a trouvé pour mon ouvrage les comparaisons les plus flatteuses. Ce lieu d'aisances est devenu un lieu de plaisance, et j'éclatais d'orgueil.

Mais comme je vais éclater longtemps encore – car on n'oublie pas vite un effort de cette envergure – et comme la patience a des limites (celle de Benoîte plus qu'aucune autre) le moment viendra où j'entendrai la phrase fatale :

« Toi et tes vatères ! »

Je sens que, ce jour-là, je serai vexé comme un pou.

Les femmes de ce printemps-ci ont une façon de s'habiller qui vous monte à la tête, avant de redescendre un peu plus bas.

D'abord, elles n'ont jamais eu de seins, de hanches et de fesses aussi joliment répartis et placés que cette année.

Et puis, ces tissus de nylon s'accommodent si bien du moindre vent qu'ils moulent jusqu'aux grains de beauté. C'est dire que de tout le reste on ne perd pas une bouchée.

Enfin, les femmes qu'on voit à Paris, à n'importe quelle heure et dans tous les quartiers, arborent une espèce d'air de contentement impudique, de nonchalance un peu lassée… On dirait qu'elles sont enceintes d'une heure à peine.

Quant aux cyclo-touristes, campingueuses et sportivesses qui déferlent chaque dimanche sur les routes de Seine-et-Oise, elles sont « décolletées » des pieds à la tête avec une audace juvénile et plus ou moins de bonheur.

Or toutes ces dames qu'on ne peut voir passer sans être « dans tous ses états » s'indigneraient sincèrement si on leur proposait, avec la plus grande politesse, de basculer en leur compagnie, sur le gazon le plus proche.

Ce n'est pourtant pas pour les petits oiseaux qu'elles se donnent le mal de s'habiller assez ingénieusement pour qu'on sache au premier coup d'œil où commence le sein et où finit la cuisse.

Cette manière de faire : « Regardez, mais ne touchez pas », est bien détestable.

Les femmes devraient prendre leurs responsabilités. On aimerait bien les aider à être logiques.

Dimanche 25 mai
Benoîte

J'ai regardé avec désolation les boutons encore obstinément fermés et qui vont éclore cette semaine sans moi.

On opère Lison des amygdales mardi et nous passerons la semaine à Paris. Nous rentrons dans le rang et je n'aurai plus la satisfaction d'arriver au bureau l'après-midi, chaude encore de soleil et des brins d'herbe aux semelles ; de passer devant les terrasses de cafés où des consommateurs attablés entre des fusains en pots se donnent l'illusion de la verdure... J'ai l'intention de cueillir avant de partir tout ce qui porte des pétales dans mon jardin. Je ne veux pas que mes fleurs se ferment sans moi.

Paul a construit des vatères, c'est vrai. Ils sont parfaits sauf qu'on n'y peut rien « faire », car il y manque encore le principal. Il a sorti de la caisse du fond qui servait à nos prédécesseurs une immense lessiveuse à demi pleine d'une mélasse suspecte noircie par les ans… mais il l'a déposée près des bambous et du tas de sable des enfants, tentation permanente pour Lison qui aime jouer à la dînette – qui qui qui la videra, cette lessiveuse ? Il a tiré des décombres des monceaux de gravats et de poussière. Qui qui qui s'est chargé du travail obscur et sans gloire de les ramasser à la pelle à ordures et d'aller les enfouir trois cents mètres plus haut dans le trou qui nous sert de vide-pot ? Ai-je pu signer mon travail, moi ? Ai-je pu, comme lui, graver dans le ciment encore mou : P.G.1952 ?

Il faut reconnaître que les notions de menuiserie que P.G. a acquises à l'âge où les enfants sages apprennent la règle de trois ont trouvé ici une illustration éclatante. Me contentant assez facilement d'à-peu-près et de trompe-l'œil dans le domaine des clous et vis, j'étais prête à admettre avec indulgence des cloisons plus ou moins bosselées et des pointes enfoncées de travers, incrustées de profil dans l'Isorel, çà et là. Après un an d'orties dans le derrière, on est prêt à admirer quatre murs quels qu'ils soient pourvu qu'ils vous cachent.

Or il y avait de quoi satisfaire le client le plus difficile et je serais fière d'y faire entrer le cousin de Paul, qui poursuit en Angleterre des études à huit cent mille par an et qui porte un col dur et un canotier de paille.

Nous nous sommes assis au fond à tour de rôle, sur un siège fictif, et nous nous sommes sentis inspirés.

Mercredi 28 mai
Paul

Nino Frank[1] que j'aime bien vient d'écrire, à propos de *Jeux interdits*, une critique révoltante.

Il est arrivé au milieu du film, dont il a trouvé la seconde moitié admirable. Puis, après avoir avalé l'entracte, les actualités, le documentaire, le dessin animé et quelques couplets sur Dop et Colgate, il a vu le début de l'histoire.

Et Nino Frank écrit paisiblement que le début de l'histoire lui a semblé ceci, cela, bref, qu'il a été déçu.

En somme, après avoir connu le nœud de l'intrigue et son dénouement, après avoir vécu dans l'intimité des personnages, Nino Frank s'étonne de trouver l'exposition lente et moins dramatique que le corps du drame.

Je trouve scandaleux qu'un critique, doublé d'un homme intelligent, se laisse aller à de semblables grossièretés.

Existe-t-il une seule œuvre littéraire qu'on puisse juger dans ces conditions ? Une seule pièce de théâtre ou tragédie classique qui supporterait d'être vue à l'envers ou que, même, on avouerait avoir vue de cette manière ?

Dans des cas pareils, on se tait…

[Cinq pages manquantes.]

---

1. Écrivain et journaliste.

Benoîte

… en studio, et recommence demain matin à 9 heures. Pour la première fois depuis de longs mois, nous passerons la nuit seuls dans nos draps respectifs.

J'ai pris ma Blandine avec moi cette nuit, pour entendre une respiration au moins.

Les bouquets étaient splendides ce soir, le feu brillant, la nuit froide et étoilée et moi solitaire. Solitaire bien que Jean ait passé la soirée à me raconter sa vie. Je l'ai écouté à travers une brume, sans aucune envie de faire le moindre effort de repartie en l'absence de Paul. Par un esprit de sordide avarice, sans doute : je m'économise pour lui !

Ma petite chair dort à côté de moi. Une légère senteur d'étable se mêle à son odeur d'œillet car sa vocation de fermière à laquelle elle s'adonne avec passion flotte toujours un peu dans son sillage, comme une aura. Je ne pourrai hélas pas m'enrouler autour d'elle, comme autour de Paul, car la vie conjugale ne l'a pas encore habituée à aimer ces intrusions.

Paul

DIMANCHE D'HIVER

Dimanche d'hiver à Genève
Où es-tu à l'heure qu'il est
J'ai du génie ce soir et je ne sais qu'en faire
Je me dis des tas d'histoires
Illusoires et sans intérêt

Mon cœur est hypochondriaque
Prêt à pleuvoir en longs sanglots
Dans un attendrissement bête
Bèèèè... que je suis malheureux
Je donnerais ce soir le bien peu qui me reste
Pour avoir ici sous la main
Deux sous de dessous féminins
Habillant une jeune fille
Qui dirait : « Oui, monsieur, toute à votre service »
Et qui saurait déjà pour l'avoir deviné
L'agrément du mensonge et la beauté du vice
Hélas la race en est éteinte. De profundis
Ayons donc des désirs à la mesure de ce temps
Qu'on m'apporte à l'instant une négresse nue
Sur un plateau d'argent
J'en prendrai trois gorgées après chaque repas
Dans un grand verre de lait cru

14 juin
Benoîte

Deuxième nuit à Valmondois sans Paul. Studio jusqu'à minuit et à partir de 9 heures le lendemain ! Il est venu déjeuner ici aujourd'hui comme un vulgaire invité. Et comme nous avons eu deux amis à déjeuner et deux autres à dîner, je n'ai pas eu cinq minutes pour le traiter autrement qu'en ami, lui aussi !

Cette maison de Valmondois n'est accueillante et jolie que pour nous. Dès qu'il y a quelqu'un, je la trouve un peu sordide. On ne voit plus que l'exiguïté des pièces, la cuisine aux murs qui s'effritent et la tache d'humidité au plafond du bureau. Je la trouve plutôt à mon goût quand j'y suis seule, mais ses charmes sont cachés, elle ne les révèle que dans l'intimité.

Je ressens pour cette maison ce que doit ressentir un homme qui aime une femme pas très jolie et la trouve charmante quand il est seul avec elle, mais qui s'aperçoit qu'elle n'est pas si bien que ça dans le regard des autres.

Pour l'instant, je suis amoureuse de cette maison, telle qu'elle est, et c'est aux autres que j'en veux...

Demain après-midi, je dois ramener les filles à Paris. Elles partent mardi pour la Corse avec leur père, dans un village de toile où elles passeront six semaines avec Josiane, leur duègne. Je m'inquiète un peu de ce mois de juillet tout vide où je serai déjà en vacances sans avoir changé de cadre et où le manque de bonne me laissera tout le loisir de penser aux absentes en épluchant les pommes de terre. Le jardin sera impeccable. Je retrouverai mes instruments de jardinage à la place où je les aurai laissés. Mais dans la chambre d'en bas je n'entendrai plus Lison psalmodier des histoires au lieu de faire la sieste et je n'aurai plus à courir six fois par jour à la ferme voisine arracher Blandine à l'auge des cochons.

Tout sera triste et tranquille. Je me demande si je vais m'y habituer et prendre un certain plaisir à cette vie de jeune fille pourvue d'un amant, ou au contraire devenir de plus en plus nostalgique.

Comme c'est odieux de ne pas penser comme les autres sur des sujets auxquels on attache de l'importance. Car ou on se trouve intelligent et ce sont les autres qu'on prend pour des imbéciles, ou bien on trouve les autres intelligents, et alors que peut-on penser de soi ?

Valmondois – 19 juin – Par un matin de soleil – Sans bonne
Benoîte

Il y a cinq minutes, j'étais en train d'éplucher des pommes de terre, ou plutôt j'allais commencer à peler la première, tandis que Paul se curait les ongles négligemment, quand j'ai eu une idée de génie…

« Paul, j'ai une inspiration pour mon journal… Il faut que je note quelque chose tout de suite. »

Et c'est ainsi que Paul Guimard est à l'instant où j'écris ceci attablé devant un kilo de pommes de terre, la raclette à la main.

Et vive la littérature !

Nous avions décidé avec des amis d'aller faire l'ouverture de la pêche dans l'Yonne. Mais à mesure que la date fatidique approchait, nous cherchions désespérément – mais secrètement – des raisons de ne pas y aller. Aucun de nous ne voulant paraître casanier et popote, nous feignions un minimum d'enthousiasme pour les nouveaux paysages que nous allions découvrir : « Les bords de la Cure sont ravissants, paraît-il » – on ajoutait seulement : « Pourvu qu'il fasse beau parce que sans ça… » et nous n'osions terminer…

Et puis, ô miracle, alors qu'on ne savait plus qu'espérer et qu'il allait falloir prendre rendez-vous pour partir après-demain, une carte : « Les Fosses Perfects ont le plaisir de vous prévenir qu'elles passeront livrer samedi courant. »

Les vatères arrivent – on ne peut pas manquer ça.

Quel soulagement. Nous en concevons une reconnaissance encore accrue pour la maison Perfects.

J'accueille généralement sans enthousiasme les élans de Paul vers tout ce qui lui est une occasion de commencer quelque chose de nouveau… c'est-à-dire acheter du matériel. Je crois savoir pourquoi et cela m'a été confirmé par la lecture du dernier chapitre de *L'Homme révolté* sur L'ART ET LA RÉVOLUTION.

Au fond, je préfère la révolution à l'art. Et je sacrifierais toute la peinture du monde pour un communisme qui aurait réussi.

La peinture stalinienne se justifie à mes yeux si les hommes sont plus heureux. Car il est certain que l'art d'aujourd'hui ne peut s'adresser qu'à un petit nombre. « L'art n'est pas de tous les temps, il est déterminé au contraire par son époque, et il exprime, dit Marx, les valeurs privilégiées de la classe dominante. »

Au fond, j'ai une espèce de rancune contre la gratuité de l'art. Ce n'est pas que je n'éprouve nul plaisir devant un tableau ou une sculpture. Mais ce plaisir m'irrite un peu. Et je m'irrite plus encore de voir que trop de gens consacrent leur existence à se masturber le sens artistique alors qu'il y aurait tant de choses plus utiles à faire. Ça y est, le mot affreux est lâché. Mais j'ai l'impression que le monde n'avancera jamais d'un pouce par l'art alors qu'il a des chances d'avancer par les révolutionnaires, Saint-Just, Lénine, etc., et par les savants.

Je brûlerais avec un certain sadisme *La Joconde* (au fond, elle ne me manquerait pas une seconde) pour alimenter la pile atomique. Et rien que pour le plaisir de voir la tête des « amateurs d'art » devant ce « crime contre l'humanité ».

Évidemment, j'aime mieux voir Paul sculpter des christs dans le bois de chauffage que préparer des bombes contre le régime. Mais c'est une position pratique et opportuniste.

En y réfléchissant mieux, je m'aperçois que c'est contre l'art moderne que je vitupère et non contre l'art tout court. Contre la cohorte des critiques sacrosaints, les expositions de snobs, le respect ridicule qu'on a pour l'art. Autrefois l'art était dans la vie et non dans les musées. Aujourd'hui, il y a deux arts : celui des riches qui peuvent se payer un Matisse et celui des autres qui s'achètent un coucher de soleil boulevard Saint-Michel et qui sont condamnés au hideux ! On n'a jamais tant pontifié, pourtant, sur le beau et les moyens d'y parvenir !

20 juin
Paul

Je viens de lire la petite tirade de Benoîte sur la gratuité de l'art, la pile atomique, Saint-Just et Léonard de Vinci.

Coiffée par Roger Garreau, habillée par Nicole Groult et chaussée de neuf (voir plus haut), ma chère révolutionnaire vitupère la Joconde, dans sa maison de campagne, entre une visite à l'exposition d'art mexicain et un voyage en Grèce.

En fouillant un peu, on découvrirait sans trop de mal que ses idées sur l'inutilité de l'art viennent d'une maussaderie rentrée, de me voir souvent sculpter des bûches au lieu de participer à des activités plus efficaces.

Quand bien même il n'y aurait aucune influence conjugale sur sa psychologie de l'art, ce qu'elle écrit ne représente que ce qu'elle voudrait penser, mais que tout, dans ses faits, contredit.

9 juillet
Paul

Ce journal quotidien est en train de devenir mensuel. Je ne l'ouvre ce soir que pour tenir compagnie à Benoîte qui passe au fil de la plume les derniers « événements » de la semaine.

C'est que depuis un mois, films et émissions radiophoniques m'ont transformé en un Manneken-Pis de l'écriture. À longueur de jours et presque de nuits, j'ai aligné des mots à tant la ligne.

Notre compte en banque a l'air d'une femme enceinte, mais tout ce qui se rapporte, de près ou de loin, au stylographe, me fait horreur.

Dans les rares instants de répit, j'aspire à une vie végétale : m'arroser, m'engraisser, pousser, passer alternativement du soleil à l'ombre. Telle est mon ambition.

Et puis, je m'aperçois que je n'ai rien à dire à propos de Benoîte, de moi ou de nous deux.

Les gens heureux n'ont même pas d'anecdotes.

Mes parents sont à Valmondois où ils ont apporté un surcroît de calme et d'apaisement.

Nous sommes un port sans menace de tempête. Un port sans mer autour.

Je voudrais voir sa tête si je remplaçais la stérile contemplation du gratuit Acropole par les œuvres complètes de Marx et une panoplie du petit ajusteur.

9 juillet
Benoîte

Les jours passent. On a de l'argent. Et les gens riches n'ont pas d'histoire. Je suis si occupée à combiner des achats pour le voyage en Grèce et à lire les guides de voyage que toute littérature me paraît futile. Nous ne parlons plus que du cap Sounion, des collines de gypse et de marbre de Samos, du sanctuaire de Delphes et autres petits coins truffés d'histoire.

Jean Duhamel fixe déjà la quantité de provisions à emporter pour telle excursion, précise les merveilles à ne pas manquer pour telle autre, retient les places dans des hôtels à air conditionné avec vue sur le Parthénon… bref c'est notre Cook.

Nous avons reçu de son ami Economos qui est ἰατρός (médecin) à Athènes une lettre en caractères grecs nous décrivant le bateau et l'équipage qui sera le nôtre, composé d'un αρχηγός (capitaine) ploïarkos et de deux ναύτης (marins) nautes. Nous nous sommes penchés avec émotion sur cet alphabet qui n'avait été pour nous jusqu'ici qu'une matière scolaire – comme si c'était déjà un témoignage du passé !

La Grèce n'a pas le droit d'avoir eu une histoire après l'époque où nous l'avons quittée dans nos manuels. Si on nous parle d'un autre historien que Thucydide, d'un autre poète que Pindare, nous sourirons, incrédules.

Comment ? Ces gens se permettent encore d'exister !

Ils ne vivent pas dans leurs ruines ? Ils ne portent plus leur péplum ? Mais c'est inadmissible.

Donc, nous passons des « prévacances » dans tous les livres hellénisant de près ou de loin, depuis le Karl Baedeker qui donne le nom des gardiens des principaux musées de Grèce jusqu'aux ouvrages les plus ardus sur l'évolution du matriarcat en Crète.

[Deux pages manquantes.]

... conformes aux notices : trois anémones maigrelettes. Trois cent trente-trois francs l'anémone, c'est à décourager Bouvard et Pécuchet. J'ai bien des glaïeuls : ils sont même magnifiques... au point de vue feuilles. Mais nous avons beau leur palper et pressurer le pied, nous n'entrevoyons pas le plus maigre espoir de bouton. Les renoncules annoncées sur le colis n'ont pas montré le bout du pétale. Le feuillage m'en est inconnu, aussi n'ai-je même pas pu repérer si les graines avaient daigné lever. Tout ce que je sais, c'est que je n'ai pas une fleur dans mes plates-bandes en dehors de mes fidèles géraniums et des ageratums bleus achetés la semaine dernière tout fleuris à Saint-Denis, chez le fleuriste du cimetière.

Quelle aubaine pour ces fleurs qui se croyaient condamnées au cimetière, de fleurir ailleurs que sur une tombe !!

Enfin les mystérieux « oxalis deppei », sur lesquels je m'étais perdue en conjectures, ne sont autres que quelques trèfles de l'espèce qui ne fleurit pas.

Et ainsi de toutes les affriolantes promesses du prospectus Hollandia : les deux tubercules de dahlia sont restés des tubercules, les jacinthes du Camp sont restées sous terre… j'allais dire sous cape… De profundis, ces oignons crient vengeance.

Heureusement qu'entre les dalles, devant la porte, poussent à foison de grandes grappes roses sur lesquelles aucun jardinier honnête ne peut mettre un nom, mais qui font de ravissants bouquets ; que sur la pelouse que Paul veut défoncer pour y mettre du « vrai » gazon et de « vraies » fleurs, les pois de senteur nous entretiennent en bouquets frais et vivaces depuis un mois.

Le calme est absolu aujourd'hui.

Les « gens d'en face » sont partis en vacances hier ; pour la Nièvre, ai-je appris à Paul avec un sourire de compassion.

Nous ne verrons plus monsieur D'en-Face dans son éternelle chemisette Lacoste, en train de biner son allée de gros graviers, de peur qu'un brin d'herbe vienne rappeler la nature là où on ne lui demande rien.

Leur grille hérissée de pointes est fermée à triple tour. La route s'en fiche et descend comme d'habitude vers le moulin. La porte de ma cave, qui est sortie de ses gonds, reste entrebâillée en permanence, sur un monde de trésors en miettes, défi permanent à la grille d'en face, qui fait son possible pour l'ignorer. Des pierres et des morceaux de crépi se détachent chaque jour de notre façade et vont rouler entre les fleurs-qui-n'ont-pas-de-nom. En face, on a jeté de la Javel le long du mur pour décourager la nature. Elle se rattrape de ce côté-ci de la route.

Mais la journée s'avance hélas.

On a à peine fini de digérer, qu'il faut songer à se remplir de nouveau la panse.

Quel métier on fait faire aux assiettes : elles doivent nous prendre pour de pauvres fous. Lavées, resalies, relavées, resalies… quels esclaves nous sommes de ce rythme inexorable.

Au fond, c'est le règne minéral qui tient le bon bout. La paix. Pas de fonctions digestives. On reste soi-même sans l'aide de personne ni de rien. Tout le temps de voir et de réfléchir tranquillement, en attendant l'éclatement de l'Univers.

Il est évident que nous avons beaucoup mieux réussi nos machines que le Créateur ne nous a réussis. J'ai lu dans quelque *Digest* que, de tous les moteurs, le moteur humain était celui qui avait le plus mauvais rendement. Et quelles exigences il a !

Le pire est que Notre Fabricant a oublié de nous joindre la notice explicative avec un mode d'emploi et des conseils en cas de panne. La moindre Simca est mieux armée dans la vie que nous, qui avons dû nous découvrir nous-mêmes, pièce à pièce. Et on commence seulement à trouver des pièces de rechange !

Paul

DEUX ET UN

On peut boire comme quatre
Les jours où toute la vie tient dans un verre
On peut chanter comme dix
Les jours où toute la vie tient dans une note
On peut rire pour cent
Les jours où toute la vie tient sur des lèvres
On peut souffrir pour mille
Les jours où toute la vie tient dans une larme
Mais on ne peut pas aimer pour deux
Même les jours où toute la vie tient dans une femme
On ne peut pas aimer pour deux.

15 juillet
Benoîte

Écrit par une de ces journées trop chaudes où les mouches volent mou. Elles se traînent sur les tables, se chevauchent, se rajustent rapidement, et recommencent. Dernière fois que j'écris ici avant de voir le Parthénon. Je me suis offert un « journal de bord » plus maniable que le grand livre noir qui me sert ordinairement : un carnet de moleskine à tranche violine, doté d'un caoutchouc qui maintient les pages fermées. Il ne me déplaît pas d'ouvrir dans la baie de Naples ou à Corfou, sur l'îlot d'Ulysse, ce modeste carnet évidemment fait pour le réticule d'une vieille cliente du Bon Marché. Grand-mère en avait toujours un semblable dans une poche noire cousue sous ses jupes : elle l'appelait son « pense-bête ». Elle eût été rassurée de me voir partir en Grèce avec un « pense-bête ». Il faut voyager sérieusement.

Plongés dans l'histoire du monde, nous voulons essayer d'aborder la Grèce en dignes descendants de sa civilisation. Nous lisons en ce moment, Paul et moi, *Survol de l'Histoire* de Sédillot.

On y fait une constatation – dont on se doutait déjà d'ailleurs –, c'est que notre civilisation présente tous les signes de la déchéance et d'une décadence inéluctable. Je me sens moi-même un des artisans de ce pourrissement. Tous les peuples, de la Mésopotamie à Rome, en passant par l'Égypte et la Grèce, ont présenté un jour les mêmes symptômes : leurs « intellectuels » ont prêché ce qu'on appelle aujourd'hui le neutralisme (« laissons la guerre aux Barbares »), ont vaticiné sur le Bonheur et sur l'Art ; les « critiques » se sont multipliés comme des pains ; les touristes ont afflué vers ces pays dont la civilisation brillait plus que jamais (elle ne faisait même plus que cela…), ils étaient mûrs pour l'invasion, qui venait toujours du nord en ce temps-là…

Je me sens de tout cœur avec ces civilisations vieillies, et aussi peu spartiate que possible. Je suis mûre pour l'abîme et la France avec moi ! Il n'y a plus que les mauvais garçons qui veulent se battre et quelques attardés de vieilles familles, imperméables aux idées corrosives de ce qu'il faut bien appeler « l'élite intellectuelle » de la France. On ne peut plus penser héroïque de nos jours sans passer pour un grossier qui préfère la force brutale à l'idée. Un pays où « militaire » est devenu synonyme d'« imbécile » pour une bonne partie de la population, en tout cas pour celle qui « pense », est évidemment destiné à disparaître de l'Histoire. Tout effort ne ferait que retarder d'un ou deux siècles le vieillissement fatal.

Pourquoi s'en lamenter ? Après tout, on vit très bien en coulisse et le bonheur vaut bien la gloire.

18 juillet
Paul

Départ pour la Grèce, via l'Italie où nous allons flâner une dizaine de jours.

Ce journal va rester à Paris, car c'est une façon supplémentaire de couper les amarres.

4 septembre
Paul

Et voilà ! Entre le 15 juillet et le 4 septembre, nous avons parcouru quelques milliers de kilomètres en chemin de fer, en avion, en voiture, en car, en bateau. Nous avons promené dans les Cyclades nos réminiscences classiques, et piqué des crises d'enthousiasme aux bons endroits.

Et déjà, le revers de la médaille ! Des amis nous invitent pour que nous racontions ce merveilleux voyage !

Trois catégories :

Ceux qui écoutent avec intérêt. Ils constituent une infime minorité.

Puis, ceux qui profitent de la première phrase de votre récit pour placer leurs propres souvenirs. Vous voulez bien leur parler des maisons blanches de Mykonos, ils répliquent qu'eux aussi ont vu des maisons blanches, en Afrique du Nord. Et durant de longues heures, ils vous entretiennent d'un petit village berbère tout à fait typique, où justement il y a des maisons blanches et un petit restaurant formidable à gauche, ou plutôt à droite en quittant les souks, où ils ont mangé pour trois cent cinquante francs – peut-être même pour trois cents – un de ces couscous dont je ne vous dis que ça avec des brochettes de rognons ou quelque chose d'approchant dont ils doivent absolument nous communiquer la recette sans plus tarder, avant de nous parler d'un village kabyle où, précisément, ils ont senti l'influence grecque.

Il y a ceux, enfin, qui ont fait avant vous le voyage dont vous voulez leur parler. Ils vous laissent discourir quelques instants avec des hochements de tête et des sourires entendus, puis, brusquement, soupirent avec extase :

« Et le bras d'Apollon, dans le musée de Délos ! Naturellement vous avez vu le bras d'Apollon. »

Malheur à vous si vous ne l'avez pas vu. On vous démontrera que vous avez manqué l'essentiel, que tout le reste ne valait pas le déplacement. Ce mois que vous venez de passer comme une magnifique aventure vous apparaît soudain vide de toute signification. Vous tentez faiblement de répliquer que l'Aurige de Delphes ou les Lionnes de Mycènes… Peine perdue : c'est le bras d'Apollon qu'il fallait voir, et rien d'autre.

C'est pourquoi, à la lumière de l'expérience, nous avons décidé de laisser nos souvenirs bien au chaud dans nos mémoires où ils n'ont à redouter aucune concurrence. Il y a tant d'enthousiasmes qui sont morts subitement, d'un refroidissement.

20 septembre 1952 – Port-Manec'h
Benoîte

Nous avons, Paul et moi, retrouvé la Bretagne comme on retrouve une femme légitime qu'on vient de tromper avec une danseuse. Émus et coupables un peu, nous l'avons trouvée plus belle que tout et nous nous sommes demandé comment on pouvait quitter ces roches et ces bois pour de lointaines ruines qui s'effritent sous un soleil meurtrier. Notre chaumière de Kercanic, dont les plans prennent forme, est un palais ; nous avons justement deux cœurs à y mettre et pas mal d'amour. Quant à l'eau fraîche, le ciel breton y pourvoira… ce que n'aurait pas fait son confrère grec.

Bref, heureux qui comme Ulysse a fait un long voyage…

Une jaunisse, qui heureusement ne s'est manifestée qu'après Venise et le voyage virtuellement bouclé, m'a ramenée ici avec les filles. Huit jours de beurre salé, de poissons fermes et d'air vivifiant ont effacé les ravages causés par le pain moisi, les poissons mous et veules de Méditerranée et le brouet dont on nous servait parcimonieusement quelques miettes dans ce que les Grecs osent appeler restaurants.

Je suis presque attendrie par cette journée plus bretonne que nature, par la pluie, qui donne l'herbe, qui donne la vache, qui donne le lait, qui donne le beurre… En Grèce, rien ne donne rien. Le peu qu'il y a pourrit en quelques heures à cause de la chaleur. Il ne pousse que des montagnes pelées.

27 septembre 1952
Benoîte

La pluie qui n'a cessé de la journée s'est transformée ce soir en tempête. Rafales terribles du sud-est. Dans la chambre des filles, il pleut dans le seau hygiénique à travers les fentes du plafond. Journée de ménagerie dans nos deux pièces battues des vents. J'ai dû jouer à « Tu triches » avec la bonne pour la distraire car elle était encore plus énervée que les enfants.

Samedi 28
Benoîte

Et après une nuit de tornade, j'ai ouvert les volets sur un ciel bleu, une mer assagie et un paysage mouillé et brillant. Tout était net et pur et chaque fleur, chaque arbre, était frangé de gouttes de pluie. Le paysage souriait à travers ses larmes. La plage sentait le goémon frais. Nous avons passé une journée délicieuse bien que nous ayons perdu espoir de voir arriver Paul ce soir pour nous chercher. Du travail qu'y dit ! Je connais son travail. Et je suis prête à parier qu'il n'a pas écrit une ligne samedi ni lundi et qu'il n'est pas venu parce qu'il avait… un ou deux coups de fil à donner !! Des pourparlers urgents pour un film ? Qui ose encore parler d'« urgence » dans le monde du cinéma ? Bref, ce veau marin a eu la paresse de refaire mille deux cents kilomètres et a préféré passer le week-end à Valmondois. Si encore il en profitait pour vider la fosse Perfects qui est pleine à craquer ! Je me ferais une raison. Mais l'ampleur de la tâche va le décourager... Pourquoi parler d'ampleur ? Devant une tâche tout court – qu'elle soit ample ou minime – il se sent saisi d'un brusque complexe d'inhibition. Grand-mère appelait ça la cosse.

[Trois pages manquantes.]

Paul

SALLE COMMUNE

À l'hôpital Tenon
Dans la salle Claude Bernard
Il y a
Des vieilles qui guérissent
Des jeunes qui meurent
Des femmes plein les lits
Et des lits plein la salle
Et des femmes partout
Partout
C'est une salle de femmes
Une salle de femmes sales
Et les filles de salle
Transportent des odeurs de souffrances mal entretenues
Dans des bassins de blanc vêtus
Et les filles de salle
Emportent des bouts de souffrance
À longueur de jour

À l'hôpital Tenon
Dans la salle Claude Bernard
Il y a soixante femmes symétriques
En colonnes par quatre
Et puis une femme
Avec des perles autour du cou
Belle comme la nuit
Une femme
Dont les yeux de raisin muscat
Regardent posément la scène
Les membres saccagés et les tumeurs fondantes
Dans les blancheurs douteuses
Une femme avec une chemise de corde
Et des pierreries sur les doigts
Et qui croque des chocolats aux noisettes
Avec beaucoup de nonchalance
En rêvant aux vagues de la mer
Devant un flacon de teinture d'iode
Il y a une femme très étrange
Dans le lit quatorze
De la salle Claude Bernard
À l'hôpital Tenon

Lundi 6 octobre
Benoîte

Je viens de perdre mille quatre cents francs à la belote. Je continue à me faire plumer inexorablement. Paul me conseille de me résigner. Me résigner à admettre le bien-fondé et la supériorité de ses pantalonnades ?

Nous jouons moins en ce moment : je ne supporterais pas de jouer davantage. Il me semble que je prendrais Paul en grippe. Car il me place dans une situation ridicule : ou reconnaître que ses sorcelleries sont efficaces et c'est me ravaler au niveau du dernier pithécanthrope ; ou le nier, et mon visage renfrogné à la fin des parties prouve assez que ses méthodes, si elles font honneur à l'esprit humain, ne me rapportent que déboires et honteuses défaites.

Je n'ai pas souvenir d'avoir battu Paul à la belote depuis février dernier aux sports d'hiver.

Passé hier la journée « au grand air ». Nous avons vidé la fosse Perfects. Le prospectus annonçait une opération élégante et rapide et l'écoulement hors de la cuve d'une eau claire et inodore, avec laquelle il était recommandé d'arroser les plates-bandes.

Or, à peine la soupape de sûreté enlevée, un flot épais et brunâtre jaillissait du trou qu'on ne parvenait plus à fermer et remplissait nos jolis waters signés Paul Guimard jusqu'au niveau de la marche qui les sépare de la cour. Tandis que Paul avec un balai faisait franchir la…

[Deux pages manquantes.]

Paul

Il lui déplaît nettement que je me lance dans une nouvelle, disons, lubie. Elle sait ou devrait savoir que cela ne risque guère de tirer à conséquence. C'est donc que, pour la première fois, elle manifeste de la répugnance envers un aspect de mon caractère qui lui est pourtant bien connu. Pour la première fois, ce qui lui paraissait jadis pittoresque – je parle de mon goût du changement – lui semble, vu de près, beaucoup moins séduisant. L'épouse, surgissant brusquement derrière la compagne, s'inquiète de ces emballements saugrenus. Ce qui la tracasse, ce n'est pas, je suppose, que je me découvre une passion pour la céramique, mais que je sois sujet à ressentir des passions. De là à généraliser, il n'y a qu'un pas. Et ce qui intéresse chez un homme n'est pas souhaité chez un mari.

« J'ai épousé un homme de lettres et je vais me retrouver mariée à… »

Ça c'est le bouquet ! Depuis quand le fait de se marier impliquerait-il une espèce de fidélité religieuse à l'image que la bien-aimée s'était composée de l'élu de son choix ?

Car enfin, j'ai épousé une jeune femme et je me retrouverai quelque jour marié à une vieillarde. Et j'espère qu'il ne me viendra pas à l'esprit de lui en faire le reproche.

À ce compte, on devrait insérer dans le Code civil une formule de ce genre :

« Je jure de n'avoir dans la vie d'autres espoirs, désirs ou velléités que ceux et celles exprimés ce jour par-devant témoins et de rester jusqu'à ma mort, sans surcharges ni ratures, bonne et loyale copie conforme à l'original. »

En foi de quoi, les épouses satisfaites n'avanceraient plus que sur un terrain connu, solide et rassurant.

Rassurant ! Un mot-clef de la vie conjugale.

Lundi 13 octobre
Benoîte

Évidemment ce que Paul écrit est vrai. On épouse une jeune femme et on se retrouve marié à une vieillarde. J'avais failli l'écrire moi-même hier. Ce qu'il oublie c'est qu'on lui en veut fatalement de vieillir et qu'elle en souffre.

Je ferai, moi, des efforts pour ne pas trop m'éloigner de l'original. Mais Paul, lui, fait profession de mépriser l'effort et surtout l'effort sur soi-même. C'est séduisant et facile à défendre – parfois aussi déplaisant.

Pas en l'occurrence, bien entendu. Je ne m'arrogerais jamais le droit de lui demander de renoncer à faire de la céramique pour me plaire. Ce serait grotesque. Mais le vrai problème, le vrai « décrochage » ne réside pas dans le fait que Paul ait envie, pour la première fois, de se consacrer à une activité qui me déplaît et me déçoit. Je précise d'ailleurs que c'est moins son envie de faire de la céramique que son envie de faire une exposition qui me gêne. L'esthétisme d'aujourd'hui m'énerve. Les comédiennes peignent, les « Rois du Rire » font de la poésie et les peintres font des assiettes.

Ce faux retour à l'artisanat primitif, ces fausses gaucheries au siècle de *Zoé*, ces jeux d'esthètes sont irritants. Il est surtout irritant de voir tous ces « artistes » s'exposer les uns aux autres leurs produits et s'entradmirer dans un cénacle – qui comporte peut-être une bonne partie de l'élite intellectuelle, mais qui est un cercle fermé et stérile sans rapport avec la vie et le reste du monde.

Je les regardais de loin tous ces fidèles de leur propre culte, mais la pensée que Paul va leur exposer des pots de chambre barbouillés et signés et écouter dauber les pontifes sur « son trait », « son modèle » ou « ses rouges », qu'il va s'entendre dire que c'est « extrêmement valable », que cela dénote « un vrai tempérament », me débecte. C'est le mot.

Je suis sans doute vulgairement dénuée de sens artistique mais je préfère entendre Jean raconter ses recherches et ses tâtonnements pour soigner l'ulcère gastrique, qu'un peintre expliquer comment il mélange ses verts pour « rendre » un arbre comme il le « sent ».

J'aurais préféré que Paul se lançât dans l'élevage des lapins pour faire des expériences de parthénogenèse ou dans la greffe d'arbres fruitiers, plutôt que dans les arts plastiques.

Je note un détail en passant : je n'ai jamais trouvé « pittoresque » ce goût du changement qui fait partie inhérente du caractère de Paul. C'est un côté que de lui je n'ai jamais aimé. Mais comme j'aimais son esprit et ses curiosités, je pensais que ces changements ne le conduiraient pas sur des chemins infréquentables pour moi.

Ce n'est pas l'épouse qui s'inquiète de ces emballements saugrenus. Car je reste persuadée que Paul aura du succès dans tout ce qu'il entreprendra et qu'il a même des chances de gagner de l'argent avec sa céramique. Mais je me fous bien de cet argent qui me coûterait trop, à moi. J'ai peur de l'aimer moins parce que je n'aimerai plus ce qu'il fait. C'est tout.

Le mot « rassurant » est effectivement un mot-clé de la vie conjugale. Et je ne lui donne aucune nuance péjorative. La vie, à elle seule, suscite assez de fossés entre les gens pour qu'on ait toujours besoin de les rassurer. C'est très merveilleux d'être sûr. Tout peut toujours arriver, mais c'est déjà beaucoup de pouvoir dire – ou de pouvoir entendre : « Prends mon amour et va-t'en rassuré. »

Mardi 14
Benoîte

Paul s'en voudrait de modifier sa conduite en quoi que ce soit sous prétexte que nous avons eu une scène dans laquelle il estime que j'ai outrepassé mes droits. En conséquence, dimanche, avec beaucoup de simplicité et sans chercher à camoufler la chose, il m'a annoncé qu'il allait chez Marion pour prendre les arrangements nécessaires à sa nouvelle activité. Et je m'étonne toujours de ne sentir dans son attitude et dans ses décisions pas plus de défi que de lâcheté (si on peut appeler lâcheté la peur de peiner l'autre).

J'admire et je redoute cette sorte de courage. Si j'avais très envie d'une chose qui déplaise vraiment à Paul, ou je la ferais sans rien lui en dire ou j'y renoncerais. Dans la plupart des cas, je crois que j'y renoncerais. Lui y renoncerait peut-être – rarement – ou bien la ferait tranquillement à mon nez ; avec un peu de mélancolie, mais il la ferait.

21 octobre
Paul

Je viens de feuilleter un petit agenda qui traîne sur mon bureau : Hermès 2e trimestre 1948.

Extraordinaire sensation. Avec soin, comme toujours, Benoîte y a consigné les événements quotidiens. Je lis : Mercredi 12 mai – 4 heures du matin, départ de Georges pour le Groenland. Un petit dessin, des yeux qui pleurent... Samedi 22 mai – 7 h 30 naissance de Tite Fille Laurence (qui deviendra Lison). Et puis, des tas de : dîner maman, visite Flora, cinéma X... De temps en temps : dîner Guimard.

Et cela me paraît subitement incroyable que Benoîte, il y a quatre ans, ait vécu cette vie sans moi, ait fait des enfants, pleuré pour le départ d'un homme et invité les Guimard à dîner.

Les Guimard sont devenus Guimard, lequel est devenu Paul, à mesure que dans le carnet Hermès on changeait les blocs trimestriels. Mais la couverture et sa propriétaire sont les mêmes.

Je connais assez mal les réactions de Benoîte vis-à-vis de son passé, des deux hommes qu'elle a aimés au point de les épouser, de sa vie sans cesse en mouvement. Je la crois capable de songer à tout cela très calmement tant elle possède à un point inégalable la faculté de vivre dans le présent. (Sans d'ailleurs oublier quoi que ce soit.)

Je l'approuve, bien sûr. Les êtres d'un seul idéal, d'un seul amour, etc., me semblent une monstrueuse caricature d'humanité. Je l'approuve mais je m'essouffle à la suivre car le passé me colle à la peau, le plus souvent.

Ceci dit, pour revenir au présent, nous vivons en pleine nouveauté : séparation de corps sur l'importantissime problème de la céramique et découverte de la jalousie. Mon comportement ne prêtant pas à équivoque, on s'en tient aux allusions souriantes sur la manie que j'aurais d'ensorceler les dames. Comme nous vivons corps à corps vingt-quatre heures sur vingt-quatre, il n'est pas possible de pousser le tableau au noir. Mais que je ne m'avise pas d'entretenir des amitiés féminines. L'Hermione qui sommeille en toute épouse aurait vite fait de prendre le ton tragique.

Je n'en plaisante que pour suivre la tradition. En cette matière, l'indifférence me hérisserait plus que des reproches injustifiés. Mais on est obligé d'admettre que la limite du bien-fondé n'est pas très précise. Et d'ailleurs, seuls les reproches justifiés sont insupportables. Les autres donnent bonne conscience et c'est une sensation divine. Qu'on vous accuse seulement d'un peu plus que ce dont vous êtes coupable, et vous voilà innocent.

J'en reviens à Hermès 2e trimestre 1948. Dimanche 20 juin – Les Guimard goûtent et dînent. J'aimerais bien lire le troisième tome de ce petit volume, beaucoup plus fidèle qu'un journal.

Au fond il nous est arrivé l'inverse de l'aventure d'Adam et Ève. Nous cherchions le fruit défendu et nous avons trouvé l'arbre de la science du bien et du mal.

Mardi 21 octobre
Benoîte

Merveilleuses journées à Vézelay, qui me laissent un sentiment de culpabilité... Déjà, avec une Aronde, il est difficile de défendre le prolétariat. J'ai eu l'impression en quittant la populaire 4 CV de changer irrémédiablement de classe sociale. Maintenant, quand je vais chercher les filles en voiture, à l'école communale de la rue La Fontaine, il est inutile que j'espère un regard de sympathie ou de camaraderie des femmes « en cheveux » qui piétinent sur leurs varices en attendant leur marmaille en tablier.

Samedi, à l'hôtel de la Poste et du Lion d'or, deux tourelles, mais pas d'étoile (il n'y avait pas mieux à Vézelay), nous n'avons pas hésité à choisir le menu le plus somptueux bien que nous n'ayons pas faim, pensant qu'il serait plus agréable de chipoter sur des quenelles de brochet que sur des entrecôtes vert-pré. Au retour, il pleuvait sur les pauvres, mais nous étions derrière des vitres chauffées et dégivrées, le ventre tapissé de pâté truffé, dans une voiture silencieuse et d'un prix déraisonnable.

Ayant allègrement dépensé en deux jours le salaire minimum vital d'un bon ouvrier, nous sommes rentrés dormir du sommeil du juste dans des draps de batiste rose.

Cela me semble une injustice permanente de ne plus manquer d'argent. C'est peut-être grâce à ce sentiment que je ne serai pas bouffée par lui.

Paul

Nocturne

Un soir de tous les jours est tombé sur Paris
Une nuit machinale, indifférente
Et lasse
Sans mystère
Automatique, maussade et réticente
Venue là moins par goût que par habitude
Parce qu'elle est inscrite sur le calendrier
Des Postes et Télégraphes
Rechigneuse et désabusée
Ô mes nuits ondoyantes et frileuses d'été
Êtes-vous sœurs de celle-ci
Nuits frémissant encore des soleils de midi
Bercées de houles assoupies
Et de légendes
Êtes-vous sœurs de celle-ci
Mes nuits rocheuses sur les landes
Ô mes nuits de bruyère et de sources timides
Mes longues nuits peuplées de fantômes candides
Et qui chantiez pour moi un murmure ingénu
Le soupir d'un oiseau hanté de mauvais songes
Et le souffle du vent sur les ajoncs pointus
Engourdies de bien-être, mes nuits d'un autre monde
Mes nuits marines ennoblies
De silences légers et de rumeurs profondes
Êtes-vous sœurs de celle-ci
Mes nuits de vagues paresseuses
Mes nuits harmonieuses
Mes nuits pleines de grâce

Où les plus torturés gémissaient des nocturnes
Ô fantasmagorie des nuits de lune
Rousses
Douces
Comme un vieux chant de mon pays.
Un soir de tous les jours est tombé sur Paris
Un soir de catacombes
Une nuit
À dormir

Dimanche 26 octobre – À Valmondois
Benoîte

J'ai retrouvé avec joie le jardin tragique de Valmondois, rempli de feuilles mortes et de fleurs pourries, et je me suis attelée à mille travaux d'Hercule. Pendant quelques heures au moins les allées se distingueront et de toute façon les immenses tas de branchages et de feuilles mortes que j'ai amassés de place en place feront bon effet. Le jardin paraîtra moins abandonné quand nous y reviendrons passer la Toussaint.

J'ai peine à tenir la plume et à former mes lettres tant j'ai manié avec rage la houe et le râteau. Mais j'ai la joie d'écrire maintenant dans le jardin, à côté d'un petit pot de trèfle rose qui s'est remis à fleurir comme en juin, Dieu sait pourquoi, devant un ciel gris et bleu, par une tiède soirée. L'air est doux et mouillé – c'est la dernière cigarette du condamné avant le grand châtiment de l'hiver.

Paul est parti peindre l'automne… Il compte vaporiser ce soir de la brillantine sur sa gouache pour donner un effet de pluie et n'est pas loin de penser qu'il a une chance de révolutionner ainsi la technique picturale.

Notons qu'il compte peindre sans quitter la voiture, le volant lui servant de chevalet. On est moderne ou on ne l'est pas.

Vu chez un ami quelques assiettes de Léger. Est-ce qu'elles ne sont pas particulièrement belles dans la mesure où elles sont inutilisables ?

Les Grecs ne faisaient rien d'inutile. Leurs amphores étaient faites pour contenir de l'eau et personne n'aurait rêvé de faire un vase qui ne pût pas servir de vase – cf. Picasso. Leurs statuettes de Tanagra étaient d'abord des offrandes aux dieux et la gratuité de l'art devait être alors une notion inconnue.

Aujourd'hui l'art est une échappatoire et on veut qu'il vous éloigne de la vie à tout prix. C'est la contrepartie de la mécanisation, la revanche sur l'UTILE et la LOGIQUE, et il paie très cher cette indépendance et ce divorce.

Ceci dit par un être incapable de dessiner un poteau télégraphique et incapable d'avoir l'idée d'utiliser un vaporisateur à brillantine ailleurs que sur ses cheveux. Je n'ignore pas mes limites, ce qui au moins a l'avantage d'épargner la vue de « mes croûtes » picturales à mes amis.

Lundi 27 octobre
Paul

Il faut que je me méfie. Lorsqu'un différend s'élevait entre Benoîte et moi, au début de nos relations, je faisais l'effort de crever l'abcès. Comme le mal n'était jamais grave, l'opération bénigne ne laissait pas de cicatrices. Mais je sens que je suis en train de retourner à mes erreurs anciennes, qui consistent à laisser le furoncle se résorber de lui-même, par paresse.

Or, d'une part, Benoîte ne mériterait à aucun titre cette sorte d'indifférence, et d'autre part, tous les médecins disent que cette technique est mauvaise pour l'état général.

Heureusement, nous n'avons pas de crises de furonculose. De temps en temps, un petit bouton…

Lundi 27 – Rue Chanez
Benoîte

Du fond de notre impasse, nous entrevoyons un ciel impeccable et le thermomètre dit qu'il fait quinze degrés et que la vie est belle… ailleurs qu'ici.

Journée oisive autour du lit – on lit, on s'embrasse, on prend le thé, on s'embrasse, on joue aux échecs et le soir est là.

Lu le journal de Paul. Chaque fois qu'il parle de ce qu'il faut bien appeler notre bonheur il s'en dégage une impression de mélancolie, je ne sais pourquoi. Décrite par lui, la vie conjugale heureuse paraît monotone, terne, « rassurante et conventionnelle ».

Conventionnelle ! La convention, la banalité c'est de ne pas être heureux. Le risque, l'aventure, c'est d'être heureux.

Je ne veux pas être de celles dont on dit : « Elle ne connaissait pas son bonheur. »

Blandine est rentrée ce soir de classe, triomphale :

« Maman, j'ai des devoirs à faire ! »

Pauvre amour. La voilà dans l'engrenage. Des milliers de soirs vont se succéder pleins de versions et d'analyses grammaticales, mais elle entre à l'abattoir avec le sourire.

Mardi 28
Paul

Méfaits du libéralisme ! À force de clamer que l'homme et la femme sont égaux, je suis en train de perdre quelques-uns des avantages que mon sexe m'assure. Absurde, absurde.

Ainsi, pour la voiture : j'aurais pu décréter, comme tout un chacun, que l'épouse disposerait du véhicule dans les limites de son inutilisation par le seigneur et maître. Quelle mouche m'a piqué de jouer à la belle âme ?

Immoralité : Benoîte sillonne la capitale en affirmant que l'Aronde revient à moins cher que l'autobus (sic), s'achète de menus objets avec l'argent ainsi économisé, et me condamne, aujourd'hui par exemple, à faire appel aux bons soins du chauffeur de Gaumont pour aller travailler à Gennevilliers.

Là-bas, je devrai trouver une voiture pour aller ce soir chez Gilles, choisir une chanson pour un film. Puis, après le spectacle, répondre oui au producteur qui dira : « Je vous raccompagne ? » avec un air sournoisement obligeant. Car, entre-temps, il m'aura questionné : « Vous n'avez toujours pas votre voiture ? » Et j'aurai répondu que « ma femme ayant son permis »...

Mardi soir 28 octobre
Benoîte

Soirée mélancolique. Je devais aller chez les Duhamel voir projeter notre film de Grèce et puis l'idée d'y aller seule m'ennuie. Paul est à Gaumont-Actualités ce soir, puis il va chez Gilles entendre la chanson choisie pour le court-métrage qu'il doit tourner. Je vais le voir arriver vers 3 heures du matin fleurant le whisky et la boîte de nuit, un mirliton dans chaque poche et des confettis plein les cheveux.

Il n'est que 21 h 30, mais je commence à écouter les voitures qui s'arrêtent dans la rue au cas où le producteur aurait eu une crise de goutte ou de delirium...

Mais c'est moi qui ai le delirium. Tout amour est un delirium, une grotesque gageure. Je frémis en pensant aux conséquences quasi fatales d'une tentative aussi folle que de baser sa vie sur un miracle qui ne peut pas se reproduire chaque matin, chaque semaine, chaque année. Car c'est un miracle que je lui plaise plus que des femmes plus jolies. C'est un miracle que je contrebalance les dix ou quinze amis plus intelligents que moi qu'il pourrait voir chaque soir en variant les plaisirs. C'est un miracle qu'il ait envie de passer chaque dimanche avec moi et non de se changer les idées de temps en temps comme l'exige la nature humaine.

En plus, je ne crois pas aux miracles. Alors ?

Vendredi 31 octobre
Paul

Hier après-midi présentation de *Limelight* par Charles Chaplin soi-même, devant une salle extraordinaire, extravagante, une salle que, seul, Charlot pouvait réunir. D'Abel Gance à Carné, de L'Herbier à Léon Mathot, de Laroche à Jeanson, en passant par Spaak, tout ce qui compte parmi les auteurs de films français était là.

Et j'ai vu tous ces gens qui portent généralement le masque de leur importance, de leurs idées, de leurs succès ou de leurs échecs, ces gens qui savent qu'on les regarde et qui agissent en conséquence, je les ai vus, debout, la larme à l'œil, acclamant le petit clown poivre et sel qui avait, lui aussi, envie de pleurer. Pour la première fois de leur vie, tous ces ténors du cinéma oubliaient qu'ils étaient metteurs en scène ou dialoguistes. Pour la première fois de leur vie, ils étaient spectateurs, avec tout ce que cela comporte d'ouverture de cœur et d'humanité. Ils s'étaient dérangés pour voir une vedette, eux ! Et ils hurlaient comme des midinettes au passage de Jean Marais.

Et les critiques, en pleine déroute, sentaient que quelque chose leur échappait, qu'il n'était pas question de ratiociner ; d'analyser, de peser le pour et le contre. Et les critiques, debout comme les autres, hurlaient comme les autres.

Les trois quarts des assistants ne se seraient dérangés ni pour Staline ni pour Truman.

Sur ce public, farci de cinéma, suralimenté de cinéma jusqu'à la nausée, sur ce public enculeur de mouches, passait un souffle de rédemption. À l'entrée chacun disait d'un air dégagé : ça m'amuse de le voir, comme ça...

Puis, la façade a craqué, d'un seul coup, découvrant le cœur, pulvérisant l'amour-propre. C'était plus beau que n'importe quel film de Charlie Chaplin.

Cela n'a pas duré très longtemps, hélas ! Sur le trottoir, à la sortie, le naturel s'est enfui au galop. On a remis les masques.

Le critique du *Petit Écho des maraîchers* s'est mis à expliquer en quoi et pourquoi telle séquence lui semblait moins existentielle que telle autre, peut-être à cause du graphisme qui, que, quoi...

Et, tout près de moi, un monsieur expliquait à un autre qu'il montait (sic) une affaire inouïe.

Dix millions d'aide au cinéma, dix millions au Crédit national, dix autres d'un industriel de Cholet et les vedettes en participation. L'affaire était dans le sac. On signait les contrats demain.

On ne peut pas demander à ces gens-là d'oublier ce qu'ils sont plus de quelques minutes.

Et ces minutes sont déjà un miracle.

8 novembre
Paul

Le peu qui restait de feuilles aux arbres s'en est allé dans la tempête d'hier. Plus d'équivoque : nous sommes en hiver et l'hiver est en nous. Ce matin, je me suis précipité sur les cartes Michelin pour tirer, de Paris aux Hautes-Alpes, un trait d'union symbolique et mesurer, pour la centième fois, la distance qui nous sépare de la neige. Les vacances d'hiver ont vraiment quelque chose de magique. On a l'impression de couillonner la vie quotidienne.

Pendant que je me livrais à mon travail cartographique (j'en étais aux environs de Grenoble) Benoîte a téléphoné en imitant, aussi mal que possible, la voix d'une amie. Sans mauvaise pensée d'ailleurs ! Pour jouir des intonations melliflues que j'utilise – dit-elle – avec les dames étrangères.

Depuis quelque temps, dans nos conversations conjugales, nous abordons le problème de la fidélité. Nous veillons scrupuleusement à donner à ces parlotes un tour très dégagé, voire primesautier. Pas question de tomber dans la gravité à propos de sujets graves. Chacun fait assaut de largeur d'esprit, de compréhension… Nous nous offrons même le luxe de subtils distinguos : si ça se passait comme ci ou comme ça, je n'aimerais pas du tout ça, non ! Mais évidemment, une fois en passant, on ne peut pas savoir, certaines circonstances exceptionnelles, une tentation brusque…

Et pourtant, si l'un de nous rentrait un jour à la maison et disait à l'autre : « Voilà ! J'ai eu envie de monsieur X ou de mademoiselle Une Telle. Et nous avons fait l'amour à corps perdu. Je ne l'aime pas, mais nous avons fait l'amour... »

Que resterait-il de nos belles théories, de notre risible « compréhension » ?

Tout cela se trouverait balayé par le raz-de-marée de l'instinct, par une douleur qui se foutrait bien des raisonnements et des syllogismes.

C'est d'ailleurs une hypocrisie caractérisée de parler de cela au conditionnel. La fidélité est une question de temps. Et le couple intact vit sur une équivoque. Il n'y a pas de trivialité à le constater : certains corps font envie et ces envies-là ne se laissent pas mettre la corde au cou.

Alors quoi ? Le devoir, la règle, la morale ? Je n'aimerais guère que ma vie conjugale ait ces tristes assises. On ne se marie pas par devoir et la morale n'a rien à voir dans une nuit de noces.

Nous avons eu envie de nous marier. Nous avons suivi la règle de notre désir et ce serait aussi une trahison que, chemin faisant, d'en choisir une autre.

Ceci dit, nul ne peut accepter de sang-froid l'idée de la peine faite à l'autre.

Wait and see ? C'est une solution.

Mais j'en arrive parfois à souhaiter que l'abcès soit vidé. Pour voir. Ou plutôt, pour savoir.

Deux réflexions pour la Toussaint
Benoîte

Slogan publicitaire pour une officine louche : « Faites l'amour, nous nous chargeons du reste. »

Mon rêve (conséquences des traitements ignominieux que m'ont fait subir à la porte de toutes les églises d'Italie les sbires du pape) : construire dans mon jardin une réplique de Saint-Pierre de Rome pour le plaisir d'y entrer en short et soutien-gorge chaque matin !

11 novembre
Benoîte

J'ai profité de l'armistice pour ranger la bibliothèque et j'ai retrouvé entre les pages de livres des photos oubliées, et dans de vieux dossiers, de vieilles lettres de moi. J'ai eu l'impression de mettre en ordre les papiers d'une parente décédée. D'une parente qui, inexplicablement, serait moi. Et je « me » suis trouvée très proche, plus que je ne le pensais, et j'ai pleuré sur ma mort. Deux cents lettres multicolores numérotées et datées, écrites par moi à Pierre pendant les huit mois de Sancellemoz, ont ressuscité pour moi cet amour que j'exprimais avec les mêmes mots qu'aujourd'hui, le style qui est resté le mien, ce qui le rend étrangement présent.

La mort est trop révoltante pour qu'on puisse y penser longtemps : on ne pourrait littéralement plus vivre. Quant à la mort de quelqu'un qu'on a aimé, il n'y a pas deux solutions : il faut se déraciner à tout prix et très vite. Même quand on a réussi, on s'aperçoit qu'il suffit d'entrouvrir une porte pour que tout le passé se précipite sur vous et d'autant plus violemment qu'il a été plus longtemps contenu.

La fidélité au souvenir ne se justifie que si on croit à la vie éternelle. Et là je l'approuve entièrement et l'aurais pratiquée avec bonheur. Mais aucune de mes pensées, aucune de mes larmes ne pourra désormais faire le moindre bien à Pierre, et l'espèce de volupté affreuse qu'on trouve quelquefois à pleurer est un supplice d'une inutilité si navrante que je préfère encore me faire passer à mes yeux pour oublieuse.

Les rappels à l'ordre sont rares, mais féroces. Le chagrin se venge de n'avoir pas été dégusté comme il convient et comme chaque jour à ma table. Il est encore tout cru et comme s'il était né d'hier.

Comme si c'était hier que nous avions croisé l'aumônier du sanatorium qui guettait dans le couloir depuis trois jours, attendant une défaillance, tout étonné de se trouver les mains vides ce jour-là et de voir ses consolations sans emploi. Il nous a regardés repartir vers le cimetière, à l'aube, bien décidés à porter tout seuls le poids de la mort d'un être qui avait su porter son agonie tout seul.

Et ce cimetière sinistre où la neige de l'hiver était à peine fondue, où nous étions quatre, sans fleurs et sans phrases, attendant machinalement je ne sais quelle cérémonie, ne nous résignant pas à la brutalité inhabituelle de cet enterrement où Dieu n'était pas invité.

Je n'y suis jamais retournée. Par principe et par dégoût pour les pierres tombales et les chrysanthèmes bien rangés. Une tombe n'est belle qu'oubliée.

La seule vraie fidélité aurait été de mourir aussi.

13 novembre
Paul

Ce maléfique automne nous plonge l'un et l'autre dans un monde de souvenirs. Il y a, dans le vent, quelque chose qui ressemble à des fantômes. Et tout nous est prétexte à retours en arrière : une lettre, une photo, une dédicace, et puis encore que sais-je. À certains moments, nous sommes submergés de réminiscences. Benoîte elle-même, généralement peu portée sur cet exercice, ne se défend plus contre un passé qui ne se laisse pas engloutir.

Il y a des morts et des disparus plein la maison, qui nous accompagnent attentivement. On les suscite, un peu malgré soi, et ils s'installent. Ils ont la partie belle ! Notre vie quotidienne, notre vie commune, si tard commencée, est bâtie sur eux, par eux. Nous mangeons dans leurs assiettes, nous couchons dans leur lit, nous lisons leurs livres. Rien de ce qui nous entoure n'est né avec nous. Tout vient d'ailleurs et de quelqu'un d'autre.

Ce qui fait que nos fantômes respectifs ne se connaissent pas entre eux. Ils se saluent par politesse, mais c'est tout.

Malgré toute notre bonne volonté, dès que nous laissons le passé se rapprocher de nous, il nous divise et nous isole impitoyablement.

Car la question est là : nos deux passés, étrangers l'un à l'autre, sont encore trop jeunes pour être accommodants.

Les témoins du mien ne sont pas ou plus là ! Et les amis de Benoîte que nous voyons souvent entrent de plain-pied dans ses souvenirs. Moi, je reste à la porte. Deux fois, coup sur coup, je viens d'avoir l'impression d'être un étranger. Entre Benoîte et ses amis, s'établissait, hier soir, ce lien subtil qui permet de dire : « Tu te souviens… » Et la France de tous les lieux et de tous les Un Tel que je n'ai pas connus s'interposait entre eux et moi. Tout le poids du présent ne pouvait rien contre la fluidité de ces évocations. J'étais dans l'autre camp et toléré seulement, dans un univers qui me reste à tout jamais fermé.

Je sais que c'est le sort commun, que c'est un des petits drames inévitables de la vie d'un couple. Mais j'ai eu, subitement, l'amère sensation que nous ne tenions, l'un à l'autre, que par un fil ténu, alors que mille liens, indestructibles, nous attachent ailleurs.

Vendredi 14 novembre
Benoîte

Paul est parti voir un « western », pour changer. Et je me bats toute seule contre l'automne et les miasmes de son journal d'hier que je viens de lire. (Par une pudeur bizarre, nous attendons un peu avant de lire le journal de la partie adverse !) Et je leur dis merde à ces miasmes. Je n'ai jamais peuplé la maison des fantômes de « mes amants » et je ne regrette ni ceux que j'ai eus ni ceux que je n'ai pas eus. Ce qui a été vécu, c'est du passé. Un seul être ne sera jamais tout à fait du passé parce qu'il n'avait pas terminé son histoire : c'est Pierre. Mais toutes les femmes que Paul a prises, quittées, reprises, plaquées ou perdues, je refuse de marcher sur leurs fantômes. Rien ne l'empêchait de les garder, rien ne l'empêche même aujourd'hui de retrouver celle qui signait « Hello swing ! » sur une photo où elle portait un haut-de-forme sur l'oreille, ou celle qui offrait en ces termes son visage : « À toi parce que c'est toi, de moi parce que c'est moi ! »

Nous ne couchons dans le lit de personne et ce n'est pas parce que je suis au lit que je pense au fantôme de qui que ce soit. C'est quand Paul n'est pas là, et plus on a besoin de lui, moins il est là. Si jamais je tombais amoureuse d'un autre homme, je le vois assez s'éloignant pour quelques mois afin de me permettre d'y voir clair, toute seule… ou plutôt avec l'aide du rival qui, lui, comme tout être normal, se battrait pour obtenir ce qu'il veut.

Paul vous tend la main quand on a franchi le fossé, jamais pour le franchir.

Chez lui, la satisfaction de faire plaisir est toujours inférieure à l'ennui d'avoir à faire plaisir. Variante : cette incapacité à entrer dans une boutique pour acheter un cadeau.

Je me passe des cadeaux d'ailleurs… je fais comme les autres femmes : je lui en offre.

Mardi 18 novembre
Paul

Ce matin, dans *Le Figaro*, François Mauriac applaudit Charles Chaplin sur deux colonnes. *Limelight* l'amène à rentrer en lui-même et à penser à Dieu, ce dont on ne peut lui faire grief.

Mais on rencontre, dans cet éditorial, des phrases incroyables dont voici le prototype :

« … Il ne m'arrive pas souvent de penser à un film comme à un ouvrage de l'esprit. »

Ce point d'honneur que mettent les penseurs « bien de chez nous » à considérer toute nouvelle forme d'expression comme un avilissement de l'esprit dépasse les bornes du ridicule.

Nos mandarins à bicorne, pétrifiés dans leur panoplie académique, s'acharnent à se placer, eux-mêmes, au ban de la société.

Au demeurant, ils seraient incapables de défendre sérieusement leur thèse et préfèrent tout bonnement jeter l'anathème.

« … Il ne m'arrive pas souvent de penser à un film… »

Qu'est-ce qu'un ouvrage de l'esprit ? En quoi un bon film ne peut-il prétendre appartenir à la même famille spirituelle qu'un bon roman ou qu'une bonne pièce ? En quoi *Jeux interdits* est-il d'une autre essence que *Passage du malin* ?

Des millions d'êtres humains vont chercher au cinéma leur pâture. Certes, il y a une grosse majorité de mauvais films. Mais on pourrait prendre monsieur Mauriac par la…

[Deux pages manquantes.]

4 décembre
Paul

Reçu, ce matin, des nouvelles de l'Amie d'enfance. Comme toujours en pareil cas, j'ai été amoureux d'elle, elle de moi, nous nous le sommes dit, nous nous sommes mariés chacun de notre côté et nous sommes restés très longtemps sans nous voir. On ne devrait pas laisser les enfants jouer avec ces choses-là.

Et voici que nous allons nous revoir.

Que vais-je retrouver à la place de mes souvenirs d'enfance ? Je relis un poème que j'ai écrit jadis :

Anne ma sœur Anne
Qui avez vingt ans
Pensez-vous à moi
Anne mon amie
Songez-vous parfois
À notre bon temps ?
Anne, mon amie, si chère autrefois
Je vous aime, moi
Aussi bien qu'avant
Splendeur des étés
La terre était ronde
Et tournait pour nous
Et nous avancions dans le vaste monde
Splendeur des étés
C'étaient les vacances
Et nous étions deux

On aimait l'été
On aimait la France
Et notre prochain, pour l'amour de Dieu
On s'aimait aussi
Anne ma sœur Anne

Parenthèse. On ne s'était jamais dit qu'on s'aimait, on était trop jeunes. On ne s'est rien promis, on se donnait tout. On n'a rien calculé, on ne savait pas. On n'a jamais fait de projets, on n'avait pas le temps. On n'a jamais pensé qu'on était heureux, c'était trop évident. On ne s'est pas adorés, ç'aurait tout gâché. Fermez la parenthèse.

Anne mon amie, mon amour d'enfance
Rêve de jeunesse et du temps perdu
Laisse aller la vie et passer la danse
Des airs qu'autrefois nous avons connus
Du haut de la tour
Du fond de toi-même
Anne ma sœur Anne, vois-tu rien venir ?

Aujourd'hui, elle a près de trente ans, un mari, deux enfants et une vision des choses qui n'est sans doute pas la mienne. Que va venir faire cette dame en face de l'image de jeune fille que je n'oublierai jamais ? Quand l'enfance est morte, de quel droit les amies sont-elles encore vivantes ?

Et puis quoi faire ? Un dîner à trois avec souvenirs froids sur canapé ? Et Benoîte qui cherche déjà une mitraillette quand je rencontre, par le plus grand des hasards, une femme que j'ai vaguement connue jadis ! Je la vois mal assister avec urbanité à nos évocations.

Pourtant je ne résisterai pas à cette envie de revoir Anne. Toute ma jeunesse s'est bâtie sur elle. Si je dois n'en retirer qu'un goût de cendre, mon présent est assez solide pour remettre sans douleur mon passé à sa place.

4 décembre 1952
Benoîte

Comme chaque année à cette sinistre époque, les feuilles sont tombées et mes enthousiasmes aussi. Je me sens vide et sans la plus petite once de talent quel qu'il soit. Dehors il tombe un verjus qui n'est ni de la neige, ni de la grêle, ni de la pluie mais qui a pris les défauts des trois. Paris est luisant et glissant, les boutiques sont pleines et mon portefeuille vide.

De plus les fantômes de novembre se sont évanouis pour laisser la place aux fantômes de décembre, bien en chair, eux, et bien vivants. Depuis quelques jours, Paul bute à chaque pas sur une femme aimée… et Éros sait qu'il y en a de par la France. Hier, une chanteuse espagnole en vison l'a pris frénétiquement dans ses bras à la caisse de la radio. Il venait chercher des pesetas, il a récolté en plus des baisers, des serments, des promesses. « C'est le doigt de Dieu, a-t-elle déclaré à Paul, qui m'a conduite ce jour-là à la radio. » Le doigt de ma sœur, oui…

Ce matin, c'est l'Amie d'enfance qui revient d'Amérique… où je la trouvais si bien… et seule, qui plus est, car son mari est à l'autre bout du monde.

Elle, c'est le regret vivant avec tout ce que cela comporte encore de possibles. Et c'est en plus son enfance, c'est-à-dire quelque chose de sacré, d'inépuisable et de magique. Moi, je préférerais mille fois revivre ma jeunesse que mon enfance. Mais tous les personnages qui peuplent l'enfance de Paul paraissent, à l'entendre, extraordinaires. À voir comme il sait broder sur la vie et transposer la réalité inconsciemment aujourd'hui, j'imagine comment ses yeux d'enfant ont dû refaire le monde. Et sœur Anne est la reine de cette enfance sur laquelle je n'ai jamais pu jeter que des gros yeux d'adulte. Elle et moi n'avons pas en main les mêmes cartes, nous ne parlons sans doute pas du même homme… et le mien me semble tout à coup tout rassis, tout petit, à côté du fou triomphant qu'elle a dû connaître, plein d'enfance et d'oubli. Le mien m'a épousée mais, comme Barbe-Bleue, il a des cabinets noirs et je ne sais trop ce qu'il y a dedans.

Le sien a oublié de l'épouser, c'est vrai, mais c'est elle qu'il a embrassée et serrée dans ses bras vraiment pour la première fois avec une fougue et une simplicité qu'on n'a qu'une fois.

Nos amours de gens avertis sont intenses, mais parfois tristes. Ils en savent trop long pour leur âge.

Depuis que sœur Anne a ressurgi, je me fous bien de la femme au vison. Je n'envie pas les étreintes qu'elle a connues, et qui doivent porter les numéros 987 et 989, le 988 étant l'étreinte de la femme de chambre un soir où la femme au vison n'était pas là... Mais j'envie l'air province et dégingandé que devait avoir Paul et les trois boutons décapités qui ornaient ses joues nouvellement rasées et l'air sûr de lui et idiot qu'il avait au temps où il apprenait à embrasser sur la bouche d'Anne, à Blanc-Mesnil-sur-Audinet.

Passé ce dimanche à Bruges, avec Jean et Marie-Claire. Il faisait un froid de loup ; à propos de loup, nous avons vu *L'Agneau mystique* à Gand. À propos de Gand, Marie-Claire n'a pas manqué de perdre les siens pendant le voyage. À propos de Claire, nous avons mangé de délicieuses huîtres du Zuyderzee qui ressemblaient à de grosses belons.

5 décembre
Paul

Henri-François Rey, qui a trois merveilleuses idées par seconde, me propose de constituer une alliance, un pacte défensif contre les agressions de la connerie. Cette confrérie réunirait tous ceux qui souffrent par la faute de : Jean Nohain, Mamie Eisenhower, Henry Bénazet, les intérêts supérieurs du pays, les milieux généralement bien informés, le *Reader's Digest*, les vraies femmes, les bons pauvres, les chroniqueurs bien parisiens, la conscience universelle, Jean de Létraz et Henri Bernstein, McCarthy et macabaneau-Canada, Miss Univers, Mademoiselle de Paris, Marthe Richard, Simone Téry, les Trois Grandes, les trente-six positions, le Gay Paris, Superman (j'en passe deux millions, et des meilleurs).

On trouverait évidemment dans chaque pays bon nombre de citoyens prêts à partir pour la croisade.

Mais quel travail !

Vendredi 5 décembre 1952
Benoîte

Encore ce sale vendredi où Paul est au studio jusqu'à minuit, puis au restaurant jusqu'à 1 heure. Nous avons la mauvaise habitude de ne rien faire tout seuls que nous pourrions faire à deux, et je me sens comme une infirme sans ses béquilles quand il n'est pas là.

D'autant plus qu'il a revu l'amie d'enfance cet après-midi, et que moi je ne l'ai pas revu depuis !

Il a eu son adresse hier. Et il n'a pas résisté vingt-quatre heures. Lui si mou d'habitude, il s'est magné le train cette fois d'une manière qui m'inquiète… D'autant plus que c'est la première fois qu'il est décidé à lui parler d'autrefois et qu'il donne libre cours à sa sentimentalité, alors qu'il a eu, sous le règne de Nicole[1], bien des occasions de la voir et bien des raisons de lui parler. Sait-on où vous mène cet attendrissement en commun ? J'eusse préféré qu'il en eût fait courir le risque à Nicole plutôt qu'à moi. Elle avait bien moins à perdre, d'ailleurs.

1. Première femme de Paul Guimard.

Mais en ce temps-là, Paul ne voulait voir clair sur rien – ni sur son passé, ni sur son présent, ni sur son avenir. Ce qui lui permettait de vivre sans rien casser.

Il faut avouer que j'ai fait beaucoup pour qu'il ouvre les yeux. Je n'ai plus qu'à en accepter les conséquences. Et à balayer les pots cassés s'il y en a. Car qui peut dire qu'il est aussi fort qu'un souvenir ?

8 décembre
Paul

[Une page manquante.]

… la fidélité qui me fait goûter parfois ce plaisir délicatement aigrelet de regretter une bouche où il ferait si bon s'étendre. C'est sans doute ce qui manquait à Don Juan : l'incomparable fraîcheur des occasions manquées, brillantes et inaltérables, comme un souvenir d'enfance.

« Tout fait ventre », me disait-on jadis, en me conseillant d'avaler la peau des pommes de terre et les feuilles de radis.

Aux amants heureux, tout fait ventre.

10 décembre 1952
Benoîte

Demain, notre mariage aura une bougie (sur son gâteau d'anniversaire). Paul semble y avoir pensé de lui-même, et je guette ses pas et démarches depuis quelques jours pour voir si ses bonnes pensées se matérialiseront dans quelque boutique.

Hier, il m'a demandé de l'argent… bon signe… J'ai été très généreuse.

Mais ce matin, il est mollement resté au lit… mauvais signe.

Cette après-midi pourtant il est parti de bonne heure avec moi en direction des Champs-Élysées… bon coin… mais ça s'est terminé au Ciné Grande Armée *Au royaume des crapules*. Moi, ma bassesse incurable m'a conduite chez Innovation, malgré tout, pour lui acheter son mille et unième cadeau.

11 décembre 1952
Benoîte

C'est aujourd'hui ; j'ai inspecté Paul : rien dans les mains, rien dans les poches, comme d'habitude. Je me suis acheté un petit bonnet de laine pour me consoler.

12 décembre 1952
Benoîte

Nous avons dégusté des « panachés de la mer », « Aux îles Marquises » en parlant de nous.

19 décembre 1952
Benoîte

Période fébrile. D'abord je travaille beaucoup à la radio : plusieurs émissions ayant été supprimées, un service supplémentaire a été créé pour utiliser les journalistes sinon les compétences. Et c'est ainsi que je me trouve faire partie du service Étranger du journal parlé et plus spécialement de la section américaine. Tout ce que je connais de l'Amérique, c'est sa langue, et j'ignorais encore il y a un mois si le Sénat et le Congrès étaient ou non la même chose !!

Aujourd'hui la vie de famille de Cabot Lodge n'a plus de secrets pour moi et je lis l'avenir des États-Unis dans les plis de son drapeau…

[Une page manquante.]

Paul

… À courir après deux lièvres, etc.

On m'a même prédit que je resterais toute ma vie un amateur.

Et puis après ?

Je plains de tout mon cœur ceux qui ne poursuivent qu'un lièvre. Et j'offre à tous les amateurs un amour fraternel.

On vient de démontrer, sans contestation possible, que la spécialisation était le principal facteur d'arriération d'une espèce. Un enfant qui se spécialiserait, physiologiquement, trop jeune, ne dépasserait pas le stade du singe. Dans l'œuf, les poissons sont déjà spécialisés, les poules aussi. Les biologistes sont formels : ce qui vaut à l'homme sa qualité d'animal supérieur est précisément cet amateurisme qui fait que l'enfant ignore très longtemps s'il sera grimpeur, carnivore, végétarien, batracien ou poisson volant.

Donc, vivent les amateurs. Et la biologie avec nous !

À ne poursuivre toute sa vie qu'un lièvre à la fois, on devient aussi bête qu'un lévrier de courses.

Pour en revenir aux choses sérieuses, notre vie conjugale a donc un an. Elle marche toute seule. Elle a percé ses premières dents et fait quelques-unes des maladies du jeune âge. Et…

[Une demi-page manquante.]

… Et tandis que je me préparais à écrire là-dessus des phrases définitives, Benoîte est rentrée de son travail. Immédiatement, j'ai dû m'intéresser à la politique américaine, à l'examen de Blandine, au traitement de la moelle que vont subir ce soir même mes cheveux en danger de mort, etc.

C'est très bien ainsi, que la littérature vienne en dernier. Elle a tout à y gagner.

21 décembre
Paul

Il avait toujours été convenu que nous aurions un enfant.

Nous venons de décider de le faire l'année prochaine. Quantité de raisons devraient nous en dissuader et notamment l'exiguïté de notre appartement.

Mais pour faire raisonnablement un enfant il faudrait attendre la soixantaine. Et je n'aimerais pas du tout que mon enfant me considère comme un grand-père. Je veux que mon fils soit très rapidement plus vieux que moi, je veux pouvoir le menacer de lui chiper ses maîtresses, je veux qu'il fasse moins de sottises que moi. Surtout, je veux un enfant. Et je ne cherche pas à analyser cette envie qui va nous classer définitivement, Benoîte et moi, dans la confrérie des 30% de réduction sur les transports, des cartes de priorité et des ménages très comme il faut. Tant pis.

La fibre paternelle est sans doute une vieille ficelle, mais elle tient sacrément bon.

Et pourtant ! Un de mes amis vient de revêtir la dignité de père de famille. Je le connaissais comme un esprit volontiers cynique possédant un sens très aigu du ridicule et confortablement égoïste, comme vous et moi.

Je l'ai vu le lendemain de l'heureux événement, et sa réaction a été celle que j'attendais : « Jamais rien vu de plus vilain qu'un nouveau-né… »

Puis, nous parlâmes pudiquement d'autre chose, lui, mettant manifestement un point d'honneur à ne pas bêler sur l'aspect émouvant de l'aventure.

Mais à mesure que les jours ont passé, j'ai vu ce souriant épicurien glisser sur la pente qui conduit au type « heureux père ». Ce furent d'abord des allusions négligentes – trop négligentes ! – au robuste appétit du poupon, à sa croissance véritablement surprenante, à ses facultés vocales exceptionnelles.

Aujourd'hui, il n'hésite plus à me décrire minutieusement les faits et gestes de son héritier. Bien entendu, il n'est pas le seul à constater le foudroyant développement intellectuel du bébé : les docteurs eux-mêmes sont stupéfaits. Ils n'ont jamais vu ça au cours de trente années de médecine. Le prodige reconnaît son père entre mille et le suit des yeux avec une surprenante lucidité. Certes, il suit également des yeux la nurse qui apporte le biberon, mais le regard n'est pas le même, oh ! mais pas du tout. De même, lorsqu'il s'adresse à son père, ses « arreu… arreu… » ont on ne sait quoi de voulu ; ils sont, à n'en pas douter, chargés d'un message. L'heureux père est devenu un maître dans l'exégèse de l'onomatopée.

Cet exemple me réconforte ; il me permet de songer sans rougir qu'un jour viendra, en 1953, où moi aussi, je m'attendrirai sur un génie précoce, et où je ferai « gouzi… gouzi… » sous le menton d'un chérubin qui, en retour, m'enverra en plein visage le « rot » triomphal qui est, pour le bas âge, le fin du fin de l'urbanité.

[Une page manquante.]

… D'ailleurs, ce n'est pas l'âge du siècle qui m'intéresse mais le nôtre.

« Si j'arrive un jour jusqu'au bout de ma vie,
Ce qui n'est pas prouvé… »

Je n'ai jamais terminé le poème qui me paraît se suffire à lui-même.

3 janvier 1953
Benoîte

J'ai horreur des armes à feu et il y en a trois sous l'armoire de notre chambre.

Pour moi la plus belle histoire de chasse reste celle-ci, que j'ai tirée d'un journal :

« Monsieur Picrate regardait dans le canon de son fusil pour voir s'il était chargé. Ses obsèques auront lieu demain. »

5 janvier
Paul

Ma crise de foie annuelle me laissant quelque répit, je suis parti d'un pied léger voir un western.

Benoîte affecte de toiser cette distraction du haut de ses lectures scientifiques, mais ce genre de réprobation me touche peu.

Hélas, je vais devoir renoncer à brève échéance à ces joies innocentes.

Jadis, il n'était pas possible de se tromper entre l'Indien sournois et cruel et l'officier sudiste loyal et chevaleresque. Chacun portait « bon » ou « méchant » inscrit sur son visage, en gros caractères.

La première étape de la décadence s'est manifestée par la confusion des valeurs. On a pu voir des *majors* ou des cow-boys déshonnêtes, quoique blancs, et des chefs de tribus dotés de sentiments humains, bien que technicolorés.

Un nouveau type vient d'apparaître : l'Indien pensant. Volontiers, de nos jours, le Séminole s'introspecte, l'Apache se psychanalyse, le Comanche raisonne pertinemment sur l'avenir du monde, et oppose à ses envahisseurs tel article de la Déclaration des droits. Rompus à toutes les subtilités de la dialectique, Sitting Bull et Cochise abandonnent le tomahawk pour la langue de Shakespeare, dont ils usent sans modération. Les trappeurs s'enfuient en déroute, sous une grêle d'aphorismes.

De son côté, le costume a subi une évolution fâcheuse. Proscrites les nudités emplumées : le brave guerrier dévore encore gloutonnement un cuissot de daim, mais il est vêtu d'un velours mille côtes qui sent le bon faiseur.

Adieu, braves Sioux de ma jeunesse, qui scalpaient jovialement les chercheurs d'or attardés.

Déjà, Tarzan est passé, pour notre malheur, par l'Institut Pelman.

Le Grand Manitou a suivi les cours ABC de la philosophie.

Nous n'avons plus rien de commun.

12 mars
Benoîte

Je ne voulais pas que la fabrication de notre enfant m'empêchât de me baigner et de nager cet été, de faire du ski en février prochain ; je ne voulais pas accoucher en août par quarante-cinq degrés centigrades ; je voulais toucher la prime à la première naissance… pour la troisième fois. (Date limite : 11 décembre 53 !) Je voulais que mes semaines de « congé maternité » puissent s'ajouter à un mois de vacances prises à une époque normale.

Et cet amour d'enfant a su répondre à mes désirs et paraître précisément pendant la brève quinzaine où mes exigences de tous ordres s'accordaient à le confiner.

Maintenant, le tour est joué ; l'affaire est dans le sac. Le mécanisme est enclenché. On a toujours un vague sentiment de panique quand on a mis le doigt dans cet engrenage… Ça peut vous mener loin. Ça n'a l'air de rien au début, mais chaque jour la menace se précise et prend forme. L'ennemi est dans la place. On n'est plus le seul maître chez soi. Et cette violation de domicile va paraître chaque jour plus cavalière et plus insoutenable.

Et le comble, c'est que j'ignore jusqu'au sexe de celui qui va prendre le calcium de mes dents pour s'en faire des os ! Or, ce sexe ne m'est pas indifférent. « On » m'a commandé un garçon, et malgré les mises au point formelles des savants, « on » continuera à penser que je serai la seule coupable si c'est une fille ! Je suis déjà coupable peut-être, mais j'ai huit mois de sursis et le bénéfice du doute. Huit mois où j'ai deux enfants en un seul, où tous les noms du calendrier sont à moi. Huit mois pour penser encore – contre toute évidence – qu'un enfant est une joie de tous les instants… pour oublier les monceaux de couches, les réveils nocturnes, les sorties manquées et pour ne penser qu'au petit corps nu sur un lit. Huit mois pour faire des projets qui ne seront pas contrecarrés… jusqu'au jour où cette petite larve viendra s'interposer entre l'avenir et nous et remplira tout l'horizon.

DES MÊMES AUTEURS :

Benoîte Groult

Le Journal à quatre mains (avec Flora Groult), Denoël, 1962
Le Féminin pluriel (avec Flora Groult), Denoël, 1965
Il était deux fois (avec Flora Groult), Denoël, 1967
La Part des choses, Grasset, 1972
Ainsi soit-elle, Grasset, 1975
Histoire de Fidèle (avec Flora Groult), Des femmes, 1976
La Moitié de la terre, Alain Moreau, 1981
Les Trois Quarts du temps, Grasset, 1983
Olympe de Gouges, textes présentés par Benoîte Groult, Mercure de France, 1986
Les Vaisseaux du cœur, Grasset, 1988
Des nouvelles de la famille (avec Flora Groult, Blandine de Caunes, Lison de Caunes, Paul Guimard, Bernard Ledwidge), Mazarine, 1980
Pauline Roland ou Comment la liberté vint aux femmes, Robert Laffont, 1991
Cette mâle assurance, Albin Michel, 1993
Histoire d'une évasion, Grasset, 1997
La Touche étoile, Grasset, 2006

Mon évasion, Grasset, 2008
Romans, « Bibliothèque Grasset », 2009
Le Féminisme au masculin, Grasset, 2010
Ainsi soit Olympe de Gouges. La Déclaration des droits de la femme et autres textes politiques, Grasset, 2013
Journal d'Irlande. Carnets de pêche et d'amour, 1977-2003, Grasset, 2018 ; Le Livre de Poche, 2020

Paul Guimard

Les Faux-Frères, roman, Denoël, 1956
Rue du Havre, roman, Denoël, 1957 ; prix Interallié
De Koenigsmark à Montsalvat (avec Pierre Benoît), entretiens, Albin Michel, 1958
Un garçon d'honneur (avec Antoine Blondin), La Table ronde, 1960
L'Ironie du sort, Denoël, 1961
Détrompez-vous (avec Antoine Blondin), Denoël, 1965
Les Choses de la vie, Denoël, 1967 ; prix des Libraires
Les Cousins de la constance, Denoël, 1970
Le Mauvais Temps, Denoël, 1976
L'Empire des mers, Hachette Littérature/Éditions n° 1, 1978
Violette et son génie (illustré par Anna Hofer), Bibliothèque Rouge et Or, 1981
Giraudoux ? Tiens !..., Grasset, 1988
Un concours de circonstances, Grasset, 1990
Des nouvelles de la famille (avec Benoîte Groult, Flora Groult, Blandine de Caunes, Lison de Caunes, Bernard Ledwidge), Mazarine, 1980
L'Âge de pierre, Grasset, 1992 ; prix littéraire Prince Pierre de Monaco
Les Premiers Venus, 1997, Grasset

Blandine de Caunes

Des nouvelles de la famille (avec Benoîte Groult, Flora Groult, Paul Guimard, Lison de Caunes et Bernard Ledwidge), Mazarine, 1980

L'Involontaire, Stock, 1976 ; Phébus, 2015 ; Libretto, 2020

Journal d'Irlande. Carnets de pêche et d'amour, 1977-2003 (texte de Benoîte Groult, établi et préfacé par Blandine de Caunes), Grasset, 2018 ; Le Livre de Poche, 2020

La Mère morte, Stock, 2020 ; Le Livre de Poche, 2021

PAPIER À BASE DE FIBRES CERTIFIÉES

Le Livre de Poche s'engage pour l'environnement en réduisant l'empreinte carbone de ses livres.
Celle de cet exemplaire est de :
250 g éq. CO_2
Rendez-vous sur
www.livredepoche-durable.fr

Composition réalisée par PCA

Achevé d'imprimer en avril 2022 en Espagne par
BLACKPRINT
Dépôt légal 1re publication : mai 2022
LIBRAIRIE GÉNÉRALE FRANÇAISE
21, rue du Montparnasse – 75298 Paris Cedex 06

68/7633/0